# 跟著一番走！
## 生活日語對話本

作者 田中結香　譯者 李喬智

**如何聆聽 MP3 音檔**

寂天雲 APP

❶ **寂天雲 APP 聆聽**
① 先掃描書上 QR Code 下載 寂天雲 APP 。
② 加入會員，進入 MP3 書櫃首頁，點下方內建掃描器
③ 再次掃描 QR Code 下載音檔，即可使用 APP 聆聽。

❷ **在電腦或其他播放器聆聽**
① 請上「寂天閱讀網」（www.icosmos.com.tw），註冊會員並登入。
② 搜尋本書，進入本書頁面，點選 MP3 下載 下載音檔，存於電腦等其他播放器聆聽。

# 跟著一番走！超給力
## 生活日語對話本

| 作　　　者 | 田中結香 |
|---|---|
| 翻　　　譯 | 李喬智 |
| 編　　　輯 | 黃月良 |
| 校　　　對 | 洪玉樹 |

| 圖　　　片 | Shutterstock |
|---|---|
| 美 術 設 計 | 林書玉 |
| 內 頁 排 版 | 謝青秀 |
| 製 程 管 理 | 洪巧玲 |
| 出　　　版 | 寂天文化事業股份有限公司 |
| 發 行 人 | 黃朝萍 |
| 電　　　話 | +886 2 2365-9739 |
| 傳　　　真 | +886 2 2365-9835 |
| 網　　　址 | www.icosmos.com.tw |
| 讀 者 服 務 | onlineservice@icosmos.com.tw |

國家圖書館出版品預行編目資料（CIP）

跟著一番走!超給力生活日語對話本(寂天雲隨身聽APP版)/田中結香著；李喬智譯. -- 初版. -- [臺北市]：寂天文化事業股份有限公司, 2025.05
　面；　公分

ISBN 978-626-300-311-8 (20K平裝)

1. CST: 日語 2. CST: 會話

803.188　　　　　　　　　　114005121

Copyright 2025 by Cosmos Culture Ltd.
版權所有　請勿翻印

| 出 版 日 期 | 2025年5月 初版一刷（寂天雲隨身聽APP版） |
|---|---|
| 郵 撥 帳 號 | 1998-6200 |
| | 寂天文化事業股份有限公司 |

‧訂書金額未滿1000元，請外加運費100元。
〔若有破損，請寄回更換，謝謝。〕

# 前言

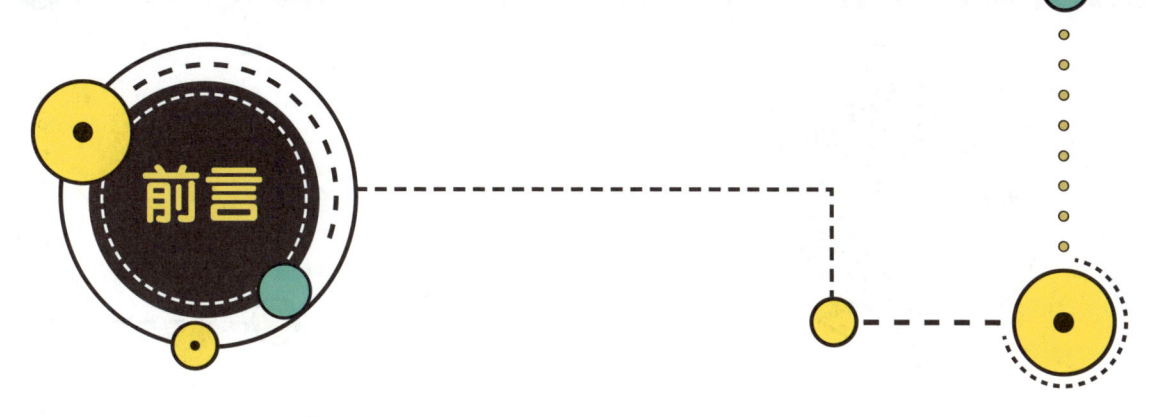

　　本書是一本多元豐富的日語會話教科書。計畫要去日本留學，或是打算在日本找工作、打工渡假的讀者，可以利用本書設計的學校、職場、生活圈等會話情境，習得流暢的日文口說溝通能力。

書中羅列在日本生活時必學的日語會話，內容包含三大主題：
　　PART 1：與朋友交流的「社交會話」
　　PART 2：購物或交通、醫院等生活圈的「生活會話」
　　PART 3：打工、上班的「職場會話」

**本書內容及使用方法**

1. **關鍵單字**：提供單元中相關的重點單字。學習者首先利用「關鍵單字」從「點」切入主題，無負擔的輕鬆開始第一步。

2. **關鍵好句**：情境基本句及常用句。讀者可以從中選擇貼合自己需求的句子，靈活運用。

3. **情境會話**：精心設計使用頻率最高、簡潔道地的實境會話，利用簡明用句，直擊需求，不多嘮叨說廢話，確實達到即學即用的效果。

4. **實用文法**：提示會話中的重要文法，利用文法句型扎根茁壯基礎實力，為口說能力奠定扎實基礎。

5. **豆知識**：提供相關的其他用語，或是實用小知識，隨時補充會話中的背景知識，更能掌握會話的使用情境。

6. **練習問題**：每個 Unit 搭配豐富多元的練習題，除了單字、文法句型練習之外，還加重聽力題目，讓讀者達到聽、說能力加乘的效果。只要相札實做練習，可以掌握自己學習的成果，達到加乘的成效。

　　學習者只要按部就班學習本書，一定能完美做好基本的語言準備，流暢說一口好日文！

# 目錄

## PART 1　社交會話

| UNIT 1 | 自我介紹 | 8 |
| UNIT 2 | 性格相關 | 18 |
| UNIT 3 | 關於興趣 | 27 |
| UNIT 4 | 天氣 | 34 |
| UNIT 5 | 報紙・雜誌 | 41 |
| UNIT 6 | 電視節目・電影 | 48 |
| UNIT 7 | 生活習慣・健康 | 55 |
| UNIT 8 | 介紹台灣 | 63 |
| UNIT 9 | 邀約・招待 | 71 |
| UNIT 10 | 道別 | 80 |

## PART 2　生活會話

| UNIT 11 | 外食 | 88 |
| UNIT 12 | 超市・便利商店的購物 | 96 |
| UNIT 13 | 購買服飾・家電 | 103 |
| UNIT 14 | 找房子・家裡的各種狀況 | 112 |
| UNIT 15 | 圖書館 | 120 |
| UNIT 16 | 銀行 | 126 |

| UNIT 17 | 美容院 | 132 |
| UNIT 18 | 醫院 | 140 |
| UNIT 19 | 緊急狀況 | 150 |
| UNIT 20 | 問路 | 158 |
| UNIT 21 | 大眾運輸工具 | 165 |
| UNIT 22 | 開車・故障・加油站 | 174 |

# PART 3　職場會話

| UNIT 23 | 找工作 | 184 |
| UNIT 24 | 工作上的請假・遲到・排班 | 194 |
| UNIT 25 | 電話應對・接待客人 | 202 |
| UNIT 26 | 表達感謝・歉意 | 210 |

## 附錄

| 1 補充單字 | 217 |
| 2 補充基本敬語 | 221 |
| 3 會話中譯＆句型答例 | 224 |
| 4 練習問題解答 | 250 |

## 範 例

文法相關的記號

**1** 名詞
- N　　　　名詞

**2** な形容詞
- Ｎａ　　　な形容詞的語幹

**3** い形容詞
- Ａ　　　　常體的い形容詞
- Ａ－　　　い形容詞的語幹
- Ａ－く　　い形容詞的く形

**4** 動詞
- Ｖ　　　　常體的動詞
- Ｒ－　　　動詞連用形（「動詞ます形」中將ます去掉）
- Ｖ－る　　動詞的辭書形
- Ｖ－た　　動詞的た形
- Ｖ－ない　動詞的ない形
- Ｖ－て　　動詞的て形
- Ｖ－ば　　動詞的ば形
- Ｖ－させる　動詞的使役形

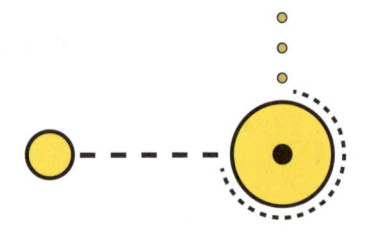

# PART 1

## 社交會話

# UNIT 01
## 自己紹介 （じこしょうかい） 自我介紹

### キーワード 001

- 名前（なまえ） 姓名
- 住所（じゅうしょ） 住址
- 父（ちち） 父親
- 母（はは） 母親
- 既婚（きこん） 已婚
- 独身（どくしん） 未婚
- ニックネーム 綽號
- あだ名（な） 暱稱
- 星座（せいざ） 星座
- 血液型（けつえきがた） 血型
- 出身（しゅっしん） 出生地
- 実家・出身地（じっか・しゅっしんち） 老家；娘家・出生地
- 誕生日（たんじょうび） 生日
- 生年月日（せいねんがっぴ） 出生年月日
- 家族（かぞく） 家人
- 兄弟（きょうだい） 兄弟姐妹
- 兄（あに） 哥哥
- 姉（あね） 姐姐
- 弟（おとうと） 弟弟
- 妹（いもうと） 妹妹

# UNIT 01 自己紹介 / 自我介紹

## キーセンテンス 🎧002

### 姓名

1. 失礼(しつれい)ですが、お名前(なまえ)は？　不好意思，請問您的名字是？

2. 失礼(しつれい)ですが、山田(やまだ)さんですか。　不好意思，你是山田先生/小姐嗎？

3. 李(り)と申(もう)します。　敝姓李。

4. 聞(き)き取(と)れなかったので、もう一度(いちど)お名前(なまえ)を教(おし)えてもらえますか。
   不好意思我沒聽清楚，可以請您再說一次您的名字嗎？

5. 渡辺(わたなべ)さん、こちらは 私(わたし)の友達(ともだち)／営業部(えいぎょうぶ) の林(りん)さんです。
   渡邊先生，這位是 我的朋友／業務部的 林先生。

### 基本招呼用語

6. はじめまして、どうぞよろしく（お願(ねが)いします）。
   初次見面，請多指教（麻煩您了）。

7. こちらこそ、どうぞよろしく（お願(ねが)いします）。
   幸會幸會，請您多多指教（麻煩您了）。

8. お会(あ)いできて嬉(うれ)しいです。　非常開心能認識您。

9. これからお世話(せわ)になります。　今後就麻煩您多多照顧了。

### 個人資料

**10** ご出身はどちらですか。　您是哪裡人呢？

**11** 失礼ですが、おいくつですか。　不好意思，請問您今年貴庚？

**12** お誕生日はいつですか。　您的生日是幾月幾號呢？

**13** 渡辺さんは何座ですか。私はかに座❶です。
渡邊先生／小姐您是什麼星座的呢？我是巨蟹座的。

**14** 血液型は何型ですか。私はＡＢ型❷です。
您的血型是哪一型呢？我是 AB 型的。

### 聯絡方式

**15** 電話番号を教えてくれませんか。
可以麻煩您告訴我您的電話號碼嗎？

**16** フェイスブック／ラインのアドレスを交換しませんか。
可以跟您交換 FACEBOOK ／ LINE 的帳號嗎？

---

❶ やぎ座（魔羯座）；みずがめ座（水瓶座）；うお座（雙魚座）；おひつじ座（牡羊座）；ふたご座（雙子座）；かに座（巨蟹座）；しし座（獅子座）；おとめ座（處女座）；てんびん座（天秤座）；さそり座（天蠍座）；いて座（射手座）

❷ Ａ型；Ｂ型；Ｏ型；ＡＢ型

## 家人 🎧004

**17** Ⓐ ご家族は何人ですか。您家裡有幾個人？

　　Ⓑ 4人です。父と母と姉がいます。有四個人，爸爸、媽媽、以及姐姐。

**18** Ⓐ 山田さんはご兄弟がいますか。山田先生／小姐，您有兄弟姐妹嗎？

　　Ⓑ1 はい。兄と、妹が2人います。有的，我有一個哥哥和兩個妹妹。

　　Ⓑ2 いいえ。私は一人っ子です。沒有，我是獨生子。

**19** ご家族と一緒に住んでいますか。您和家人一起住嗎？

**20** 私は一人暮らしです。我自己一個人住。

UNIT 01 自己紹介 自我介紹

# 会話 01 自己紹介

A: はじめまして。林(りん)と申(もう)します。

B: 山田(やまだ)と申(もう)します。どうぞよろしくお願(ねが)いいたします。

A: こちらこそ、よろしくお願(ねが)いいたします。

B: 林(りん)さん、ご出身(しゅっしん)はどちらですか。

A: 台湾(たいわん)の高雄(たかお)出身(しゅっしん)です。山田(やまだ)さんは？

B: 私(わたし)は京都(きょうと)出身(しゅっしん)です。

## コラム：日中兩國的常見姓氏

**日本人の主な苗字**
- 佐藤(さとう)・木村(きむら)・小林(こばやし)・佐々木(ささき)・斉藤(さいとう)・山田(やまだ)・田中(たなか)・渡辺(わたなべ)
- 橋本(はしもと)・高橋(たかはし)・鈴木(すずき)・吉田(よしだ)・中村(なかむら)・加藤(かとう)・林(はやし)・清水(しみず)

**台湾人の主な苗字**
- 陳(ちん)・黄(こう)・江(こう)・呉(ご)・郭(かく)・謝(しゃ)・鄭(てい)・張(ちょう)・孫(そん)・羅(ら)
- 李(り)・楊(よう)・葉(よう)・林(りん)・周(しゅう)・徐(じょ)・馬(ば)・蔡(さい)・劉(りゅう)

## 02 〜って呼んでください

A: あの、失礼ですが、伊藤さんですか？

B: ええ、そうですが…。

A: はじめまして。私、山田さんのクラスメートのCindy Liuです。

B: え…？すみません。聞き取れなかったので、もう一度お名前を教えてもらえますか。

A: Cindy Liuです。Cindyって呼んでください。

B: Cindyさんですね、どうぞよろしく。

A: こちらこそよろしく。

UNIT 01 自己紹介

自我介紹

## 03 友達 第三者紹介

**A:** 山田さん、こちら、僕の友達の陳さん。

**B:** 山田さん、はじめまして。陳です。台湾から来ました。

**C:** 陳さん、はじめまして。よろしく。

**B:** こちらこそどうぞよろしく。

**A:** 陳さんは先月日本に来たばかりなんですよ。

**C:** へぇ、そうなんですか。日本の生活には慣れましたか。

**B:** ええ、色々わからないこともありますが、だんだん慣れてきました。

## コラム：文字裡的 「私」「あなた」

### 第一人稱

日語對話中經常會用到第一人稱，根據說話者的立場及不同的場合，在使用上有所差異。

私<sup>わたし</sup>（我）　　：最常見的說法，男女老少任何人都可以使用。
私<sup>わたくし</sup>（本人）　：職場上或是正式的場合中所使用的說法。
僕<sup>ぼく</sup>（敝人）　：男性用語。
俺<sup>おれ</sup>（老子）　：男性用語。

### 第二人稱

一般常用的第二人稱是「あなた」，不過在稱呼對方的時候很少會直接說「あなた」，特別是對長輩或長官，用「あなた」會顯得失禮。日常對話中若要稱呼對方，可以用姓名來替代，例如「佐藤<sup>さとう</sup>さん」「あきちゃん」

○○様<sup>さま</sup>（○○先生／小姐）　：對客人的尊稱。是最為禮貌的說法。
○○さん（○○先生／小姐）：最一般的說法。
○○ちゃん（小○○）　：用在小朋友或是很親密的朋友身上。常會用來稱呼女性。
○○君<sup>くん</sup>（○○君）　：常會用來稱呼男性。另外，也常用在稱呼後輩或下屬，在這樣的用法中就沒有男女之別了。

UNIT 01 自己紹介 自我介紹

15

## 句型

### ～　って❶

例 Cindy ／呼んでください

➡ Cindyって呼んでください。

1 アキ／呼ばれています
2 私の苗字は日本語ではリュウ／読みます
3 「さよなら」は中国語で「再見」／言います

### ～た　ばかりです❷

例 陳さんは先月日本に来ました

➡ 陳さんは先月日本に来たばかりです。

1 私は先週大学を卒業しました
2 李さんは日曜日に旅行から帰りました
3 昨日東京に着きました
4 ２か月前に日本語学校に入学しました

---

❶ [ N / Na（だ）って ][ V / A　って ]：相當於表示引用的「と」，是「と」的口語表達方式。表示話題的「って」的用法，請參照 Unit 12。

❷ [ V - たばかりです ]：表示動作剛完成後沒多久。

# Unit 1 練習問題　解答見P.250

**1** 音声を聞いて、（　）に単語を入れなさい。

1) はじめまして。林（　　　　）。
2) お会いできて（　　　　）。
3) これから（　　　　　　）。
4) 台湾（　　　　）来ました。

**2** 音声を聞いて、正しければ○、間違っていれば×を入れなさい。

1) （　　） 2) （　　） 3) （　　） 4) （　　）

**3** 例のように文を作りなさい。

例) 先週日本へ来ました
→ 先週日本へ来たばかりです。

1) さっき家へ帰りました
→ _____

2) 2か月前に日本語学校に入学しました
→ _____

3) 1時間前に京都に着きました
→ _____

**4** ⓐ, ⓑの正しいほうを選びなさい。

1) 日本の生活には（ⓐ 習慣　ⓑ 慣れ）ましたか。
2) （ⓐ もう　ⓑ これ）一度お名前を教えてもらえますか。
3) ラインのアドレスを交換（ⓐ しませんか　ⓑ でしたか）。
4) 失礼ですが、（ⓐ どちら　ⓑ おいくつ）ですか。

UNIT 01 自己紹介　自我介紹

17

# UNIT 02 性格について 性格相關

## キーワード 012

- 性格 個性
- タイプ 類型
- スタイルが良い 身材很好
- おしゃれな 時髦
- 社交的な 善於交際 
- 人見知り 怕生；害羞
- 仲良くなる 感情變好
- 友達になる 變成朋友
- 自己中心的な 自私 
- 思いやりがある 體貼
- 面倒見がいい 善於照顧他人 
- 心が広い 心胸寬大
- 無責任 缺乏責任感
- 非常識 沒有常識 
- 礼儀正しい 彬彬有禮
- 頼りになる 值得信賴
- ポジティブな 正面
- ネガティブな 負面

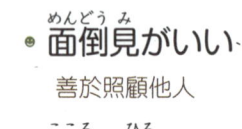

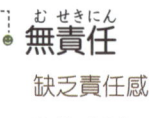

## キーセンテンス 013

### 類型

**1** どんな女性／男性がタイプですか。

你喜歡什麼樣的男生／女生呢？

**2** 私は積極的な／静かな人が好きです。

我喜歡個性積極的／安靜的人。

### 形容其他人

**3** 林さんはどんな人ですか。

林先生／小姐是怎麼樣的人呢？

**4** 私の母は厳しいですが、頼りになります。

我的母親雖然相當嚴厲，但卻是個值得信賴的人。

**5** 彼は誰とでもすぐに友達になれます。

他跟任何人都可以很快打成一片。

### 自己的個性

**6** 私は楽観的な性格です。

我的個性很樂觀開朗。

**7** 私はよく友達からのんびりしていると言われます。

朋友常説我看起來很悠哉。

UNIT 02 性格について 性格相關

8. 私の長所はポジティブな／好奇心旺盛なところです。

我的優點是很正面／好奇心旺盛。

9. 私の短所はネガティブな／消極的なところです。

我的缺點是很負面／消極。

10. 私は寂しがり屋で、一人でいるのが苦手です。

我是個怕孤獨的人，很怕一個人獨處。

11. 私は人と仲良くなるのに時間がかかります。

我須要花長一點的時間才能與人交心。

### 既有印象

12. 日本人は礼儀正しい人が多いと聞きました。

我聽説日本人大多數都很有禮貌。

13. いて座は活発な人が多いと言われています。

據説射手座的人大多都很活潑外向。

## 会話 01 友達を形容する

UNIT 02 性格について 性格相關

A: 今度のハイキングに、私の友達の林さんを呼んでもいいですか。

B: ええ、いいですよ。林さんはどんな人ですか。

A: 林さんは台湾出身で、26歳です。スタイルが良くて、おしゃれですよ。

B: へぇ、そうなんですか。

## コラム：關於性格的單字

優<sup>やさ</sup>しい／冷<sup>つめ</sup>たい　溫柔／冷淡

明<sup>あか</sup>るい／暗<sup>くら</sup>い　開朗／陰沉

積極的<sup>せっきょくてき</sup>な／消極的<sup>しょうきょくてき</sup>な　積極的／消極的

のんびりしている／せっかちな　悠哉悠哉／急躁

真面目<sup>まじめ</sup>な　認真的

素直<sup>すなお</sup>な　坦率的

恥<sup>は</sup>ずかしがり屋<sup>や</sup>　容易害羞（的人）

おとなしい　溫順的

個性的<sup>こせいてき</sup>な　性格強烈的

我慢強<sup>がまんづよ</sup>い　有耐性的

わがままな　任性的

ユーモアがある　有幽默感的

面倒見<sup>めんどうみ</sup>がいい　善於照顧他人的

## 会話 02 理想のタイプ

**A:** 佐々木さんはどんな男性がタイプですか。

**B:** そうですね。
私は真面目で、面倒見がいい人が好きです。
呉さんはどんな女性が好きですか。

**A:** うーん…。私は優しくて、素直な人が好きです。

**B:** そうですか。

UNIT 02 性格について

性格相關

## 03 性格を説明する

**A:** 伊藤さんは何座ですか。

**B:** うお座です。

**A:** そうですか。うお座は友達がたくさんいる人が多いと言われていますね。

**B:** へえ、そうなんですか。でも私はそんなことないですよ。

**A:** そうですか。意外ですね。

**B:** 私は人見知りなので、人と仲良くなるのに時間がかかるんです。

**A:** 私もです。私は初対面の人と話す時、緊張してしまいます。

## 句型

**（人）は ～くて／で～です** ①

例 彼／やさしい／ユーモアがあります。

→ 彼はやさしくてユーモアがあります。

1. 私の弟／大人しい／恥ずかしがり屋
2. 林さん／明るい／人気者
3. 山本さん／２４歳／会社員
4. 台湾人／親切な／情熱的な

**～は ～と言われています** ②

例 いて座／活発な人が多い

→ いて座は活発な人が多いと言われています。

1. 台湾人／情熱的です
2. Ａ型の人／几帳面です
3. かに座／家族を大切にする人が多いです

UNIT 02 性格について 性格相關

---

❶ [Ｎ／Ｎaで][Ａ-くて][Ｖ-て]：用來表示「二個以上的樣態的並列」。

❷ [Ｎ／Ｎaだ][Ａい][Ｖ]＋と言われています：用來表示一般流傳的說法或是評論。

# Unit 2 練習問題　解答見P.250

## 1 音声を聞いて、（ ）に単語を入れなさい。 019

1) 李さんは（　　　　）おしゃれです。

2) あの先生は（　　　　）ですが、（　　　　）があります。

3) 私は（　　　　）おとなしい人が好きです。

## 2 音声を聞いて、正しければ○、間違っていれば×を入れなさい。 020

1) （　　）　2) （　　）　3) （　　）　4) （　　）

## 3 対応する単語を答えなさい。

例) 明るい　／　（　　暗い　　）

1) ポジティブな／（　　　　）　2) 几帳面な／（　　　　）

3) 積極的な／（　　　　）　4) 優しい／（　　　　）

## 4 例のように文を作りなさい。

例) O型／マイペースです

→ O型はマイペースだと言われています。

1) 台湾人／情熱的な人が多いです

→ _____

2) 東京の人／歩くのが速いです

→ _____

3) うお座の人／ロマンチックです

→ _____

# UNIT 03 趣味について 關於興趣

## キーワード

- 趣味 興趣
- チャレンジする 挑戰
- 得意な 擅長的
- 苦手な 不擅長的
- ランニング 跑步
- サイクリング 騎自行車
- 野球・登山 打棒球・爬山 
- 芸術 藝術
- インドア 室內活動
- キャンプ 露營
- アウトドア 戶外活動
- スポーツ 運動
- つまらない 無聊
- おもしろい 有趣
- 映画・音楽鑑賞 電影・音樂欣賞
- 読書 閱讀
- SNS 社群網路
- フェイスブック Facebook
- エックス X

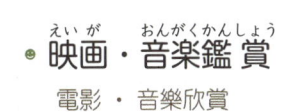

## キーセンテンス 🎧 022

### 興趣

1. Ⓐ 趣味は何ですか。　　你的興趣是什麼？

   Ⓑ 私の趣味はヨガです。　　我的興趣是做瑜伽。

2. 私の趣味は絵を描くことです。　　我的興趣是畫圖。

3. スポーツはあまり好き／得意じゃありません。
   我不太喜歡／不擅長運動。

4. 色々な国を旅行するのが好きです。
   我喜歡到世界各國去旅行。

### 頻率

5. １ヶ月に何回ぐらい水泳をしますか。
   你一個月去游泳幾次呢？

6. 私は２週間に１回ぐらい映画を見ます。
   我每兩個禮拜會去看一次電影。

### 推薦興趣給朋友

7. スキーは楽しいですよ。今度チャレンジしてみませんか。
   滑雪真的很好玩喔，下次你要不要挑戰看看？

## 技術水平

🎧 023

**8** 佐藤さんはバスケットボールがとても上手です。

佐藤先生／小姐的籃球打得非常好。

**9** 私は少しギターが弾けます。

我稍微會彈一點吉他。

## 關於以前的興趣

**10** Ⓐ いつテニスを始めましたか。你是什麼時候開始打網球的？

Ⓑ ５年前／１６歳の時に始めました。5年前／16歲的時候開始的。

**11** 子供の時からピアノを習っています。

我從小時候就開始學鋼琴了。

**12** Ⓐ どのぐらい英会話を習っていますか。

你學英語會話學了多久了呢？

Ⓑ だいたい３年ぐらい習っています。

到現在大約學了三年。

UNIT 03 趣味について 關於興趣

## 01 趣味は何ですか

A: 山田さんの趣味は何ですか。

B: 私の趣味は水泳です。李さんの趣味は何ですか。

A: 私の趣味は小説を読むことです。

B: へ〜、1か月に何冊ぐらい読むんですか。

A: そうですね、だいたい5冊ぐらい読みますよ。

B: そうですか、結構多いですね。

## 会話 02 SNS

**A:** 佐藤さんはＳＮＳを使っていますか。

**B:** あまり使っていません。
私は本を読むほうが好きですね。陳さんは？

**A:** 私はフェイスブックとエックスーを使っています。
結構おもしろいと思いますよ。

**B:** そうですか。どんなところがおもしろいんですか。

**A:** そうですね、フェイスブックで友達がアップした写真を見たり、エックスーで有名人のツイートを見るのが好きです。

**B:** へ〜…私はやっぱり本や新聞のほうがいいかなぁ。

UNIT 03 趣味について 關於興趣

### 其他社群媒體

- インスタ（＝インスタグラム）IG
- ティックトック　TikTok

## 句型

趣味は 〜 です ❶

例1　料理　➡　趣味は料理です。

例2　小説を読みます　➡　趣味は小説を読むことです。

1 旅行

2 釣り

3 スキューバーダイビング

4 アニメを見ます

5 おいしいものを食べます

6 写真をとります

〜 のが ❷

例　有名人のツイートを見ます／好きです

➡　有名人のツイートを見るのが好きです。

1 色々な国を旅行します／好きです

2 漫画を描きます／得意です

3 泳ぎます／下手です

4 動物の世話をします／好きです

---

❶ 趣味は [ N ][ V - る　こと ] です：表示自己興趣的用法。

❷ [ V - る　の ] が好きです：表示自己喜歡某物。

# Unit 3 練習問題　解答見 P. 251

**1** 音声を聞いて、（　）に単語を入れなさい。🎧028

1) 私の趣味は（　　　）を（　　　　　）です。
2) 佐藤さんは（　　　　　　）ぐらい小説を読みます。
3) 私は（　　　　　）に日本語の勉強を（　　　　　）。
4) 彼はアメリカの（　　　）を（　　　　　）が好きです。

**2** 音声を聞いて、正しければ○、間違っていれば×を入れなさい。🎧029

1) (　　) 2) (　　) 3) (　　) 4) (　　)

**3** ⓐ、ⓑの正しいほうを選びなさい。

1) 私は子供の時（ⓐ から　ⓑ まで）ピアノを習っています。
2) 私は（ⓐ 少し　ⓑ 少ない）ギターが弾けます。
3) １ヶ月に何回（ⓐ しか　ⓑ ぐらい）水泳をしますか。

**4** 次の中国語を日本語に訳しなさい。

1) 我喜歡學習歷史。

　➡ _____

2) 我不擅長畫畫。

　➡ _____

3) 我興趣是畫漫畫。

　➡ _____

4) 我大約一個禮拜看二次電影。

　➡ _____

UNIT 03　趣味について　關於興趣

33

# UNIT 04 天気 天氣

## キーワード 🎧030

- 晴れ 晴天
  晴れる 放晴
- 曇り 陰天
  曇る 變陰天
- 雨 雨
  雨が降る 下雨
- 風が吹く 起風
- 雪が降る 下雪
- 雷が落ちる 打雷
- 天気予報 天氣預報 
- 外れる （預報）不準
- 当たる （預報）準確
- 台風 颱風 
- 地震 地震
- 土砂崩れ 土石流
- 春・夏・秋・冬 春・夏・秋・冬   
- 湿度が高い 濕度高
- じめじめする 潮濕
- 通り雨・にわか雨 陣雨・驟雨
- 梅雨 梅雨

## キーセンテンス 🎧031

UNIT 04 天気 天氣

### 招呼語

1. いい天気(てんき)ですね。　天氣真不錯。

2. 今日(きょう)は暑(あつ)い／寒(さむ)い／暖(あたた)かい／涼(すず)しいですね。
今天好熱／好冷／真暖和／真涼爽。

3. 今日(きょう)は湿度(しつど)が高(たか)い／蒸(む)し暑(あつ)いですね。　今天好潮濕／好悶熱喔。

### 雨

4. もうすぐ雨(あめ)が降(ふ)りそうです。　看來好像快要下雨了。

5. 傘(かさ)を持(も)って行(い)ったほうがいいです。　把傘帶在身邊比較好喔。

6. 朝(あさ)からずっと雨(あめ)が降(ふ)っています。　從早上開始就一直在下雨。

7. 全然雨(ぜんぜんあめ)が止(や)みませんね。　雨完全沒有停耶。

### 之後的天氣

8. 週末晴(しゅうまつは)れると良(い)いですね。　周末如果能放晴就太好了。

9. 今日(きょう)の天気予報(てんきよほう)は当(あ)たる／外(はず)れると思(おも)いますよ。
我覺得今天的天氣預報真準／不準。

10. 明日(あした)の試合(しあい)、雨(あめ)が降(ふ)ったらどうしますか。
如果明天下雨的話，比賽該怎麼辦呢？

## 氣溫

11 今日の最高気温は３２度です。　今天的最高溫是 32 度。

12 Ⓐ 今何度ですか。　現在溫度幾度？

　Ⓑ ２５度です。　25 度。

## 其他的天氣狀況

13 今日は日差しが強いですから、日傘が必要です。
今天日照很強烈，必須要帶著陽傘出門。

14 外は風が強い／土砂降り／大雨ですよ。
外頭的風很強／正下著傾盆大雨／滂沱大雨。

15 だんだん曇ってきましたね。　天氣漸漸變陰了。

## 季節

16 だんだん寒く／暑くなってきましたね。　天氣越來越冷了／熱了。

17 今年は１０年に１度の大雪です。　今年會遇到十年一次的大雪。

18 この辺りは冬に雪が降りますか。　這個區域到冬天時會下雪嗎？

19 春が来ましたね。　春天終於來了呢。

20 やっと冬が終わりましたね。　冬天終於過去了。

## 会話 01 雨が降りそうです

🎧 033

UNIT 04 天気

天氣

**A:** なんだか雨が降りそうですね。

**B:** ええ、10分前まで晴れていたのに…。

**A:** 変な天気ですね。

**B:** ええ、出かける時傘を持って行ったほうがいいですね。

### ❓ コラム：形容天氣的用詞

- ～する（している）
  （總是、一直）感覺～
- じめじめする　感覺溼答答的
- むしむしする　感覺悶熱
- ぽかぽかする　感到暖和

- ～降る　下著～
- ぽつぽつ降る　滴滴答答地下著
- ざあざあ降る　嘩啦嘩啦地下著
- しとしと降る　淅瀝淅瀝地下著

## 02 天気予報

**A:** 明日ピクニックへ行くんですけど、佐藤さんも一緒に行きませんか？

**B:** 行きたいですけど、明日雨が降るかもしれませんよ。天気予報では、一日中雨だと言っていました。

**A:** え〜、でも最近天気が良いし、その天気予報、外れるんじゃないですか？

**B:** じゃ、一応傘を持って行きます。

## 句型

### ～ そうです ❶

例1 雨が降ります ➡ 雨が降りそうです。

例2 外は暑いです ➡ 外は暑そうです。

1. 雨がやみます
2. 桜が咲きます
3. 明日は晴れます
4. 今日も暑くなります
5. 外は風が強いです
6. あの部屋は寒いです

### ～ かもしれません ❷

例 台風が来ます ➡ 台風が来るかもしれません。

1. 佐藤さんは傘を持っていません
2. 今晩は大雨です
3. 強風で飛行機が飛びません
4. 今年は雪が降りません

---

**UNIT 04 天気** 天氣

---

❶ [ R - そうです ]：表示動作即將發生的狀態，或是預測將來會發生的事態。

[ A - そうです ][ Na ＋そうです ]：說話者依據視覺得到的訊息作為推測基礎，藉以判斷當下的狀況。（「いい」要以「よさそうです」表示。）

❷ [ N / Na / A / V かもしれません ]：說話者闡述事件時所作的推測表達方式。判斷的根據比較薄弱，是比較不確定性的推測。

## Unit 4 練習問題　解答見P.252

**1** 音声を聞いて、（　）に単語を入れなさい。🎧037

1) 今日は朝から（　　　）雨が（　　　　　）。
2) 最近（　　　）暑くなってきました。もうすぐ（　　）です。
3) 今年の冬は（　　　　）ですから、（　　　　　　）かもしれません。

**2** 音声を聞いて、正しければ○、間違っていれば×を入れなさい。🎧038

1) （　　） 2) （　　　） 3) （　　　） 4) （　　　）

**3** 例のように文を作りなさい。

例1) 雨が降ります　　　　➡ 雨が降りそうです。

例1) あの部屋は寒いです　➡ あの部屋は寒そうです。

1) 桜が咲きます　　　　➡ _____

2) 明日は晴れます　　　➡ _____

3) 外は暑いです　　　　➡ _____

4) あの服は涼しいです　➡ _____

**4** 次の文を中国語に訳しなさい。

1) 雨がざあざあ降っています。
➡ _____

2) 台湾は梅雨の時期、毎日じめじめしています。
➡ _____

# UNIT 05
## 新聞（しんぶん）・雑誌（ざっし） 報紙・雑誌

### キーワード 039

- ニュース 新聞
- オンラインニュース 網路新聞
- 新聞（しんぶん） 報紙
- 速報（そくほう） 即時新聞 
- 記事（きじ） 新聞報導
- 見出し（みだし） 標題
- ファッション誌（し） 時尚雑誌
- 経済誌（けいざいし） 財經雑誌
- スポーツ面（めん） 體育版
- 一面（いちめん） 全版
- 芸能面（げいのうめん） 娛樂版
- 雑誌（ざっし） 雑誌
- 週刊誌（しゅうかんし） 週刊
- 定期購読（ていきこうどく） 定期訂購
- 付録（ふろく） 附録；雜誌附的贈品
- 事件（じけん） 事件
- 事故（じこ） 事故
- 災害（さいがい） 災害 
- サイト 網路
- ニュースサイト 新聞網站
- 報道する（ほうどうする） 報導

## キーセンテンス 🎧040

### 新聞

1. 毎日テレビのニュースを見ています。　　我每天都會看電視新聞。

2. あのニュース番組の報道はおおげさです。
   那個新聞節目的報導內容總是很誇大。

3. 最近は悲惨なニュースが多いです。
   最近有好多悲慘的新聞。

### 報紙

4. 私は興味のある記事しか読みません。　　我只會看我有興趣的報導。

5. スポーツ面を読むのが好きです。　　我喜歡看報紙的體育版。

6. いつも見出しをチェックするだけです。　　我總是只看報紙的標題而已。

7. 今回の事件についての記事を読みましたか。
   有關這次事件的報導你看了嗎？

8. 新聞を取っている人はだんだん少なくなってきました。
   訂報紙的人越來越少了。

9. 毎朝ケータイでオンラインニュースをチェックしています。
   我每天早上都會用手機瀏覽網路新聞。

**雑誌** 🎧041

10 Ⓐ どんな雑誌が好きですか。　你喜歡什麼樣的雜誌？

　Ⓑ ファッション雑誌が好きです。　我喜歡時尚雜誌。

11 よく料理の雑誌を買います。　我經常會購買烹飪相關的雜誌。

12 ナショナルジオグラフィックを定期購読しています。
我會定期訂購國家地理雜誌。

13 経済誌で何かお薦めのものがありますか。
有什麼值得推薦的財經雜誌嗎？

UNIT 05 新聞・雑誌

報紙・雜誌

43

## 会話 01 新聞

A: 林さんは毎日新聞を読みますか。

B: いいえ、新聞は読みませんが、毎朝ケータイでオンラインニュースをチェックしますよ。

A: そうですか、どのサイトのを見ますか。

B: 私はヤフーニュースとCNNのニュースを見ています。

A: へー、今日は何かおもしろいニュースがありましたか。

B: そうですね。ヤフーニュースによると、先日東京に新しい博物館ができたそうです。

## 会話 02 雑誌

A: 林さんは日本の雑誌を読みますか。

B: ええ、日本の音楽雑誌を定期購読していますけど、内容はなかなか難しいですね。

A: でも、雑誌を読めば単語量も増えるでしょう？

B: 確かにそうですね。山田さんは何か定期購読している雑誌がありますか。

A: 私は音楽雑誌のオンライン版を定期購読していますよ。紙面よりオンライン版のほうが便利ですから。

B: それに、オンライン版のほうが環境に良いですよね。でも、私はやっぱり手でめくって読むのが好きです。

## 句型

~ によると、~ そうです[1]

例 ヤフーニュース／
先日東京に新しい博物館ができました
→ ヤフーニュースによると、先日東京に新しい博物館ができたそうです。

1 天気予報／
台風は今夜関西地方に上陸します

2 新聞／
昨日大統領が演説を行いました

3 雑誌の記事／
あの歌手は来月新作を発表します

4 社長の話／
新商品の売れ行きは良いです

---

[1] [N／Naだ そうです] [A／V そうです]：傳達資訊的表現方法，在表示情報的來源時，常會與「~によると」一起使用。

## Unit 5 練習問題　解答見 P. 253

**1** 音声を聞いて、正しければ○、間違っていれば×を入れなさい。🎧045

1) (　　　)　2) (　　　)　3) (　　　)

**2** 音声を聞いて、情報をまとめなさい。🎧046

1) (　　　　) に新しい (　　　　) ができました。

　今日と明日は (　　　　　　　) そうです。

2) 昨日関東で (　　　　　) がありました。

　でも、(　　　　　　) でしたから、今は (　　　　　)
　だそうです。

3) 今日神社で (　　　　　) があります。

　(　　　　　) から (　　　　) もあるそうです。

**3** 例のように文を作りなさい。

例) 天気予報／明日は雨です

➡ 天気予報によると、明日は雨だそうです。

1) 今朝のニュース／昨日都内のホテルで火事がありました

➡ _____

2) 雑誌の記事／来週新しい遊園地がオープンします

➡ _____

3) 新聞／首相は明日アメリカへ行きます

➡ _____

UNIT 05　新聞・雑誌　報紙・雑誌

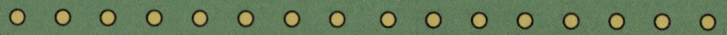

# UNIT 06 テレビ番組・映画 電視節目・電影

## キーワード 🎧047

- テレビ　電視
- テレビ番組（ばんぐみ）　電視節目
- チャンネル　頻道 
- 番組表（ばんぐみひょう）　節目表
- 監督（かんとく）　導演 
- 主演（しゅえん）　主角
- 俳優（はいゆう）　演員／男演員
- 女優（じょゆう）　女演員
- 生中継（なまちゅうけい）　實況轉播 
- CM・コマーシャル（シーエム）　廣告
- 映画（えいが）　電影 
- DVDプレーヤー（ディーブイディー）　DVD 播放機
- ボリューム　音量 
- リモコン　遙控器
- 映画館（えいがかん）　電影院  
- チケット　電影票
- チケット予約アプリ（よやく）　購票 App
- 劇場（げきじょう）　劇場
- 購入する（こうにゅう）　購買
- 座席を指定する（ざせき／してい）　指定座位

## キーセンテンス 🎧048

**電視**

1. 今日はどんなテレビ番組がありますか。
   今天有什麼電視節目可以看呢？

2. 今日8チャンネルでおもしろい映画がありますよ。
   今天在第八台有好看的電影喔。

3. どんなテレビ番組が好きですか。　你喜歡哪種類型的電視節目呢？

4. 今晩バスケットボールの試合が生中継で放送されますよ。
   今晚有籃球比賽的現場轉播喔。

5. 今日の番組はおもしろいのがないなぁ…。
   今天沒什麼好看的節目。

6. 6チャンネルはCMばっかりだなぁ！
   第六台幾乎都在播廣告！

7. テレビをつけて／消してください。　請打開／關掉電視。

8. ボリュームを少し上げて／下げてもいいですか。
   可以把音量調大聲／小聲一點嗎？

9. リモコンを取ってくれませんか。　幫我拿遙控器過來好嗎？

10. チャンネルを換えてもいいですか。　我可以轉台嗎？

---

UNIT 06 テレビ番組・映画　電視節目・電影

**電影** 🎧049

11 今晩映画を見に行きませんか。　今天晚上想去看電影嗎？

12 最近おもしろい映画がありますか。　最近有什麼好看的電影嗎？

13 Ⓐ ホラー映画は好きですか？　你喜歡看恐怖片嗎？

　　Ⓑ う～ん…ホラー映画はちょっと…。別のを見ませんか？
　　唔…恐怖片我有點…。　看別的好嗎？

　　Ⓐ じゃあ、コメディーはどうですか。　那麼，看喜劇片如何？

14 《君の名は。》のチケットを２枚ください。
請給我兩張《你的名字》的票。

15 Ⓐ 座席はどちらになさいますか。前方、真ん中、後方がございますが。　您想坐哪邊呢？有前方、正中央，以及後方可以挑選。

　　Ⓑ 後方の通路側にしてもらえますか。
　　可以給我後方靠走道的位置嗎？

16 好きな俳優／女優は誰ですか。　你喜歡哪個演員（男演員）／女演員？

17 最近どんな映画を見ましたか。　你最近看了什麼電影呢？

18 この映画の監督／主演は誰ですか。　這部電影的導演／主角是誰啊？

19 あの映画、つまらないと思いませんか。
你不覺得那部電影有點無聊嗎？

20 いい映画でしたね！　真是一部好電影啊！

# UNIT 06

## 会話 01 一緒にテレビを見る 🎧050

**テレビ番組・映画**

電視節目・電影

A: 8時から4チャンネルは何の番組ですか。

B: 確かクイズ番組だったと思いますよ。

A: そうですか。見ますか。

B: う〜ん…4チャンはCMばっかりですからねぇ。
あ、6チャンで旅番組がありますよ。

A: そうですか、じゃ、それを見ましょう。

### コラム：電視節目的種類

- ニュース　新聞
- ワイドショー　談話性節目
- ドキュメンタリー　寫實紀錄節目
- バラエティー　綜藝節目
- お笑い番組　搞笑節目
- クイズ番組　益智猜謎節目
- 音楽番組　音樂節目
- ドラマ　戲劇
- 時代劇　古裝劇
- アニメ　動畫
- 旅番組　旅遊節目
- スポーツ中継　運動轉播
- 映画　電影

## 会話 02 映画を見に行きませんか

A: 今晩映画を見に行きませんか。

B: それはいいですね！どの映画を見ますか。

A: 《君の名は。》はどうですか。この映画、おもしろいらしいですよ。

B: ええ、今人気らしいですね。じゃあ、それを見ましょう。

A: じゃ、3時に映画館で待ち合わせしませんか。

B: わかりました。じゃ、チケット売り場の前で待っていますね。

### コラム：電影的種類

- ＳＦ　科幻片
- ホラー　恐怖片
- コメディー　喜劇片
- ミステリー　懸疑片
- サスペンス　驚悚片
- アクション　動作片
- ファンタジー　奇幻片
- ラブロマンス　愛情片
- アニメ　動漫片
- ヒューマンドラマ　劇情片

## 句型

~ らしいです ❶

例 この映画／おもしろいです
➡ この映画はおもしろいらしいです。

1. このドラマ／全米で大ヒットしています
2. 犯人／あの人です
3. この番組／来週で終わります
4. あのアニメ／つまらないです
5. あの映画／明日公開です

### コラム:「らしい」VS「そうだ」

表示推測時用「らしい」；將聽聞的內容如實傳達給別人時，用「そうだ」。

例) 陳さんは今日は休むらしいですよ。
➡ 不是直接聽説，是別人這麼説。

例) 陳さんは今日は休むそうです。
➡ 陳小姐對我説，她要「休む」（請假）。我再將聽到的話轉述給某人聽時。

❶ [N／Na／A／V＋らしい]：説話者依據從他人聽來的內容，以這類的間接情報，當作推測的基礎。

# Unit 6 練習問題　解答見P.254

**1** 音声を聞いて、（　）に単語を入れなさい。🎧053

1) その（　　　　）はとても（　　　　　）らしいです。

2) 来週から（　　　　）で新しい（　　　　）が始まるらしいです。

3) 今晩（　　　　）が（　　　　　）で放送されます。

**2** 音声を聞いて、正しければ○、間違っていれば×を入れなさい。🎧054

1) (　　) 2) (　　) 3) (　　) 4) (　　)

**3** ⓐ, ⓑ 正しいほうを選びなさい。

1) 座席は（ⓐ どれ　ⓑ どちら）になさいますか。

2) ホラー映画は（ⓐ でも　ⓑ ちょっと）…。別のを見ませんか。

3) あの映画つまらない（ⓐ と　ⓑ を）思いませんか。

4) 今日8チャンネルでおもしろい映画が（ⓐ あります　ⓑ 見ます）よ。

**4** 次の中国語を日本語に訳しなさい。

1) 幫我拿遙控器過來好嗎？

　➡ _____

2) 我可以轉台嗎？

　➡ _____

3) 這部電影的導演是誰？

　➡ _____

# UNIT 07 生活習慣・健康

## キーワード 055

- 寝る 睡覺
- 起きる 起床 
- 目覚まし時計 鬧鐘
- 二度寝する 回籠覺 
- 徹夜 通宵
- 夜更かし 熬夜 
- 寝坊する 賴床
- 運動する 運動
- ジョギングする 慢跑
- ジム 健身房
- スポーツクラブ 運動俱樂部
- 睡眠不足 睡眠不足
- 自炊する 自己做飯
- 弁当を作る 作便當  
- ジャンクフード 垃圾食物
- 体に悪い 有害健康
- 太る 肥胖
- 痩せる 纖瘦

55

## キーセンテンス 🎧056

1. いつも何時ぐらいに寝ます／起きますか。
通常你都幾點睡／起床呢？

2. 私はいつも１２時に寝ます。 我通常都12點就寢。

3. 昨日なかなか寝られませんでした。 昨天晚上我翻來覆去睡不著。

4. （普）寝坊しちゃった❶！ （常體）我睡過頭了！

5. （丁）寝坊してしまいました！ （敬體）真不好意思我睡過頭了！

6. 目覚まし時計をセットするのを忘れました。 我忘記設定鬧鐘了。

7. あまりジャンクフードを食べないほうがいいですよ。
垃圾食物不要吃太多比較好喔。

8. 私は１週間に３回ジムでトレーニングしています。
我一週去健身房健身三次。

9. 自炊は体にいいし、楽しいです。
自己在家煮飯對身體比較好，而且又愉快。

10. 運動しないと、太ります。 不運動的話，會變胖。

11. 疲れていると、怒りっぽくなります。 疲倦會讓人變得易怒。

12. 睡眠時間が足りないと、集中力が下がります。
睡眠時間不足的話，注意力會下降。

---

❶ [〜ちゃった]：「〜てしまった」的口語會話表現，表達遺憾、後悔等等心情。

## 会話 01 食(しょく)習(しゅう)慣(かん) 🎧057

**A:** 木村(きむら)さんは毎朝(まいあさ)ちゃんと朝(あさ)ご飯(はん)を食(た)べていますか。

**B:** いいえ、時間(じかん)がないので、コーヒーだけです。

**A:** え！コーヒーだけですか。
健康(けんこう)のために、なるべく朝(あさ)ご飯(はん)を食(た)べたほうがいいですよ。

**B:** 確(たし)かにそうですよね。
黄(こう)さんは毎朝(まいあさ)食(た)べているんですか。

**A:** はい、私(わたし)は毎朝食(まいあさしょく)パンやくだものを食(た)べていますよ。

UNIT 07 生活習慣・健康

生活習慣・健康

## 02 睡眠不足

A: 陳さん、眠そうですけど、大丈夫ですか。

B: ええ、ちょっと昨日夜更かししちゃったんです。

A: そうなんですか。陳さんは毎日何時間ぐらい寝ていますか。

B: 日によって違いますけど、だいたい４、５時間ぐらいですね。

A: ええ！短いですね。６時間は寝たほうがいいですよ。睡眠時間が足りないと、集中力が下がりますよ。

B: ええ、それはそうなんですけどね…。

## 会話 03 運動

A: 佐藤さんは普段何か運動しますか。

B: そうですね。たまにジョギングをしますよ。陳さんは？

A: 私は1週間に3回ジムでトレーニングしています。

B: へぇ、すごいですね！トレーニングが好きなんですか。

A: いいえ、特に好きというわけではありませんけど、運動しないと太りますから。

B: 確かにそうですよね。私ももう少し運動したほうがいいかなぁ。

UNIT 07 生活習慣・健康

## 句型

～　ほうがいいですよ[1]

例1　なるべく朝ご飯を食べます
　→　なるべく朝ご飯を食べたほうがいいですよ。

例2　あまりジャンクフードを食べません
　→　あまりジャンクフードを食べないほうがいいですよ

1　時々運動します

2　たくさん野菜を食べます

3　健康のために、たばこを吸いません

4　寝る前にコーヒーを飲みません

[1] ［ V - た / V - ない　ほうがいいです ］：給對方建議時的用法。

## 句型

~ と、~ ／ ~ ないと、~ 🎧061

**例1** 朝早く起きます／体にいいです
→ 朝早く起きると、体にいいです。

**例2** 運動しません／太ります
→ 運動しないと、太ります。

1. 睡眠時間が足りません／
   集中力が下がります

2. 疲れています／
   怒りっぽくなります

3. よく運動する／
   健康になります

4. 朝ご飯を食べません／
   力が出ません

UNIT 07 生活習慣・健康

---

❶ [N/Na だと][A-いと][V-る と]：表示「若要X成立，那麼Y一定要成立」的狀況。

[N/Na でないと][A-くないと][V-ない と]：表示假如某事無法成立的話，將會帶來不利的後果。

# Unit 7 練習問題　解答見 P.255

**1　音声を聞いて、（　）に単語を入れなさい。🎧062**

1) たくさんお酒を（　　　　）と、頭が（　　　　）なります。
2) （　　　　）と、（　　　　）がいいです。
3) （　　　　）時間が（　　　　）と、集中力が下がります。

**2　音声を聞いて、正しければ○、間違っていれば×を入れなさい。🎧063**

1) (　　) 2) (　　) 3) (　　) 4) (　　)

**3　ⓐ、ⓑ正しいほうを選びなさい。**

1) 毎朝（ⓐ ずっと　ⓑ ちゃんと）朝ご飯を食べていますか。
2) 自炊は体（ⓐ に　ⓑ が）良いし、楽しいです。
3) 昨日（ⓐ なかなか　ⓑ どんどん）寝られませんでした。
4) １週間（ⓐ に　ⓑ で）３回ジムでトレーニングしています。

**4　シチュエーションに合わせて文を作りなさい。**

1) 建議對方早點睡覺。
   → _____

2) 建議對方每天吃水果。
   → _____

3) 建議對方不要每天喝酒。
   → _____

# UNIT 08

## 台湾紹介 (たいわんしょうかい) 介紹台灣

### キーワード 🎧064

- 文化(ぶんか) 文化
- 旧暦(きゅうれき) 農曆
- 習慣(しゅうかん) 習慣
- 新暦(しんれき) 國曆
- 伝統(でんとう) 傳統
- 祭り(まつり) 慶典
- 年中行事(ねんちゅうぎょうじ) 例行節日活動 
- 観光地(かんこうち) 觀光勝地
- 観光スポット(かんこう) 觀光景點
- 廟(びょう) 廟宇
- 寺(てら) 寺廟
- 漢民族(かんみんぞく) 漢民族
- 客家民族(はっかみんぞく) 客家人
- 名産(めいさん) 名產
- お土産(みやげ) 伴手禮
- 原住民(げんじゅうみん) 原住民
- 食べ物(たべもの) 食物
- Ｂ級グルメ(きゅう) 平民美食；小吃
- 物価(ぶっか) 物價
- 台湾元(たいわんげん) 新台幣
- 果物(くだもの) 水果
- お菓子(かし) 點心糖果 
- 気温(きおん) 氣溫
- 夜市(よいち) 夜市
- 屋台(やたい) 攤商
- 湿度(しつど) 濕度

## キーセンテンス 🎧065

### 觀光景點介紹

1. 台湾へ行ったことがありますか。　你去過台灣嗎？

2. 台湾の物価は日本より安いです。　台灣的物價比日本便宜。

3. 日本人と台湾人の習慣は少し違うと思います。
   我認為日本人和台灣人的生活習慣有些許不同。

4. パイナップルケーキ／からすみは台湾で有名なお土産です。
   鳳梨酥／烏魚子是台灣著名的伴手禮。

5. 九份は人気の観光地です。
   九份是很受歡迎的觀光勝地。

### 氣候

6. 台湾は一年中暖かくて、夏の平均気温は３０度前後です。
   台灣一年四季都很暖和，夏天的平均氣溫在 30 度上下。

7. 夏は日差しが強くて、蒸し暑いです。　夏天日照強烈，非常悶熱。

8. 台湾は冬でもそんなに気温が下がりませんが、暖房がないので肌寒いです。
   台灣的冬天溫度不會太低溫，不過因為沒有暖氣，所以感覺還是冷颼颼的。

9. 夏は台風が多いです。　夏天常有颱風。

## 食物 🎧066

**10** 夜市には色々な屋台があります。　夜市有各式各樣的攤商。

**11** 私のおすすめのB級グルメ／屋台料理は麺線です。
我強力推薦的平民美食／路邊攤是麺線。

**12** 台湾へ行ったら、是非ショーロンポー／マンゴーかき氷を食べてみてください。　去台灣玩的話，一定要去吃小籠包／芒果冰。

**13** 台湾にはバナナやマンゴーやパイナップルなど、おいしい果物がたくさんあります。
台灣有很多好吃的水果，包括香蕉、芒果和鳳梨等等。

## 其他

**14** 台湾の公用語は中国語です。南部では台湾語もよく使われています。　台灣的官方語言是國語。南部的話則有很多人會說台語。

**15** 台湾には漢民族や客家民族や原住民など、色々な民族が住んでいます。　台灣融合了各式各樣的種族，包括漢民族、客家人和原住民。

**16** 台湾には旧暦の祭り／行事がたくさんあります。
台灣的農曆慶典／節慶活動很多。

**17** 一年で一番大きい行事は旧正月です。
一年之中最盛大的節日就是農曆新年。

UNIT 08　台湾紹介　介紹台灣

## 01 台湾へ行ったことがありますか

A: 山田さんは台湾へ行ったことがありますか。

B: いいえ、ありません。台湾はどんなところですか。

A: 一年中暖かくて、いいところですよ。

B: へぇ、冬でも暖かいんですか。

A: そうですね、冬でもそんなに寒くないです。

B: それはいいですね。

A: ええ、でも夏は日差しが強くて、蒸し暑いですよ。

## 会話 02 台湾のグルメ

UNIT 08 台湾紹介 介紹台灣

A: 台湾にはおいしいものがたくさんあるらしいですね。

B: ええ、特に夜市の料理はおいしくて安いですよ。

A: へぇ、夜市にはどんな店があるんですか。

B: 夜市には色々な屋台があります。好きなものを買って、食べ歩きする人が多いです。

A: 陳さんのおすすめの屋台料理は何ですか。

B: 私のおすすめは臭豆腐です。

## 03 台湾観光について

A: 今度台湾へ旅行に行くんですが、どこかおすすめの観光スポットがありますか。

B: そうですね。日本人に人気の九份はどうですか。

A: ああ、ガイドブックで見ました。良さそうですね。

B: ええ、九份ではきれいな景色を見たり、お茶を飲んだりできますよ。

A: そうですか。行ってみます。

B: あと、私のおすすめは烏來という町です。

A: どんなところですか。

B: 烏來は温泉で有名な町です。

---

❶ 其他台灣地名、美食，請參考 P. 219。

## 句型

> ～た　ことがありますか ❶

例　台湾へ行きます
→　台湾へ行ったことがありますか。

1. 台湾料理を食べます
2. タピオカミルクティーを飲みます
3. この映画を見ます
4. 一人旅をします

> （場所）では　～　たり　～　たり　できます ❷

例　九份／きれいな景色を見ます／お茶を飲みます
→　九份ではきれいな景色を見たり、お茶を飲んだりできます。

1. 夜市／B級グルメを食べます／ショッピングします
2. 烏來／温泉に入ります／原住民料理を楽しみます
3. 淡水／サイクリングをします／夕日と夜景を見ます

---

❶　[ Ｖ-た　ことがあります ]：表示「對於某事是否具有經驗」的用法。

❷　[ Ｖ-たり、Ｖ-たり　]：從幾件事情中列舉兩、三件具代表性的動作。

# Unit 8 練習問題

解答見 P. 256

**1** 音声を聞いて、（　）に単語を入れなさい。 🎧072

1)　夜市には（　　　　）な（　　　　）があります。

2)　私の（　　　　）は烏来（　　　　）町です。

3)　九份は人気の（　　　　　　）です。

**2** 音声を聞いて、正しければ○、間違っていれば×を入れなさい。 🎧073

1)（　　　）2)（　　　）3)（　　　）4)（　　　）

**3** 例のように文を作りなさい。

例)　猫空／景色を見ます／お茶を飲みます

➡ 猫空では景色を見たり、お茶を飲んだりできます。

1)　深坑／旧市街を散歩します／臭豆腐を食べます

➡ _____

2)　陽明山／ハイキングをします／温泉に入ります

➡ _____

3)　台南／歴史的な建物を見ます／おいしい台湾料理を食べます

➡ _____

**4** 次の中国語を日本語に訳しなさい。

1)　去台灣玩的話，一定要去吃吃看小籠包。

➡ _____

2)　你喝過珍珠奶茶嗎？

➡ _____

# UNIT 09 誘う・招待する 邀約・招待

## キーワード 🎧074

- 誘う・誘い 邀約・邀請
- デート 約會

- ご馳走する 請客/招待
- おごる 請客
- 割り勘 均攤

- 招待する 招待
- 案内する 導覽
- 友達と遊ぶ 和朋友出去玩
- 待ち合わせする 碰面

- 約束 約定
- 用事 有重要的事

- 断る 拒絕
- ドタキャンする 爽約

- 予定 預約
- 先約がある 已經有約了

- パーティー 派對
- 飲み会 飲酒會

- コンサート 演唱會
- ライブ 現場音樂表演

71

## キーセンテンス 🎧075

### 邀約

**1** Ⓐ 一緒にコーヒーでも飲みませんか。　要不要一起去喝個咖啡？

　　Ⓑ ええ、飲みましょう。　好啊，一起去吧！

**2** もし良かったら、週末映画を見に行きませんか。
如果你有空的話，週末要不要跟我一起去看電影？

**3** 今週の金曜日の夜、空いてますか。
這禮拜的禮拜五晚上，你有空嗎？

**4** 今日の午後忙しいですか。　今天下午你會很忙嗎？

**5** 今晩何か予定がありますか。　今天晚上你有約了嗎？

**6** Ⓐ 金曜日の午後7時はどうですか。　禮拜五晚上7點可以嗎？

　　Ⓑ 7時はちょっと…8時でもいいですか。
　　　7點有點早……，8點可以嗎？

### 碰面

**7** Ⓐ どこで会いますか。　要約在哪裡碰面？

　　Ⓑ 駅で待ち合わせしましょう。　就約在車站吧！

**8** 私が車で家まで迎えに行きます。　我會開車到你家去接你。

## 接受邀請 🎧076

**9** 是非行きたいです。　我一定會去的。

**10** もちろん行きます。　我當然會去。

**11** 楽しみにしています。　我很期待。

## 拒絕邀請

**12** すみません、その日は用事があって…。
不好意思,那天我剛好有別的事情……。

**13** 金曜日はちょっと…。残業しなければならないんです。
禮拜五不行……。那天我必須留下來加班。

**14** 誘ってくれてありがとうございます。　真的很謝謝你邀請我。

**15** 行けなくて残念です。　很遺憾我沒辦法去參加。

**16** おもしろそうですね。でもその日はちょっと…。
感覺好像很有趣耶,但是我那天有點事……。

## 約定日當天

**17** 一緒に食事できて嬉しいです。　很開心可以一起吃飯。

**18** (丁) 今日は私がご馳走します。　(敬體) 今天我請客。

(普) 今日は私がおごるよ。　(常體) 今天我請客。

UNIT 09
誘う・招待する
邀約・招待

## 01 誘いを受ける 🎧077

（丁）

**A**: 土曜日の夜予定がありますか。

**B**: いいえ、特にありませんが。

**A**: 時間があれば、一緒に映画を見に行きませんか。

**B**: いいですね。どこで会いますか。

**A**: 学校の前で待ち合わせしましょう。

**B**: はい。何時ですか。

**A**: 7時はどうですか。

**B**: いいですよ。楽しみにしています。

## UNIT 09 誘う・招待する

邀約・招待

（普）

A: 土曜日の夜予定がある？

B: ううん、特にないけど。

A: 時間があれば、一緒に映画を見に行かない？

B: いいね。どこで会う？

A: 学校の前で待ち合わせしよう。

B: うん。何時？

A: 7時はどう？

B: いいよ。楽しみにしてるね。

## 02 誘いを断る

（丁）

**A:** 日曜日空いて（い）ますか。

**B:** 友達と会う予定ですけど、どうしてですか。

**A:** そうですか、パーティーに行くので、一緒にどうかと思ったんですが…。

**B:** そうですか、すみません。その日はちょっと用事があって…。

**A:** いいえ、気にしないでください。機会があればまた今度一緒に行きましょう。

**B:** ええ、もちろん。また誘ってください。

（普）

A: 日曜日空いてる？

B: 友達と会う予定だけど、どうして？

A: そっか、パーティーに行くから、一緒にどうかと思ったんだけど…。

B: そっか、ごめんね。その日はちょっと用事があって…。

A: ううん、気にしないで。じゃ、また今度一緒に行こうよ。

B: ええ、もちろん。また誘ってね。

## 句型

┌─────────────────────────────┐
│  ～　ば、　～　ませんか❶ 　🎧079 │
└─────────────────────────────┘

例 時間があります／映画を見に行きます

→ 時間があれば、映画を見に行きませんか。

1 時間が合います／一緒に帰ります

2 機会があります／今度飲みに行きます

3 都合が合います／パーティーに来ます

4 7時に仕事が終わります／勉強会に参加します

┌─────────────────────────────┐
│  ～　て／で…❷　　　　　　　🎧080 │
└─────────────────────────────┘

例 用事がある

→ その日はちょっと、用事があって…。

1 家族と約束しています　　2 都合が悪いです

3 テストがあります　　　　4 旅行に行く予定です

---

❶ [ N／Na　なら（ば）][ A - ければ ][ V - ば ]：用以表示條件假設。

　[ R - ませんか ]：用於勸誘。

❷ [ N／Na　で ][ A - くて ][ V - て ]：用以表示原因及理由。

　「…」表示省略了結論。在道歉或是解釋的時候，不將後續的結論說出來，會顯出柔和緩和的語氣。

# Unit 9 練習問題　解答見 P.257

UNIT 09　誘う・招待する　邀約・招待

**1** 音声を聞いて、内容をまとめなさい。🎧081

ⓐ，ⓑ正しいほうを選びなさい。また、（　）に単語を入れなさい。

1) この二人は（ⓐ 食事をしてから映画を見る　ⓑ 映画を見てから食事をする）。待ち合わせの時間は（　　　　）だ。
（　　　　　　　　　　）の前で会う。

2) 女の人は（ⓐ 男の人と野球を見に行く　ⓑ 他の人を野球を見に誘う）。なぜなら、この男の人は（　　　　　　　　　）から。

3) 今日の食事代は（ⓐ 男の人が払う　ⓑ 女の人が払う）。なぜなら、男の人はこの前（　　　　　　　　　）から。

**2** ⓐ，ⓑ正しいほうを選びなさい。

1) 今晩何か（ⓐ 予約　ⓑ 予定）がありますか。

2) 私が車で家（ⓐ には　ⓑ まで）迎えに行きます。

3) （ⓐ 楽しみ　ⓑ 楽しい）にしています。

**3** 誘いを断る文を作りなさい。

1) 不好意思，那一天有事。

➡ _____

2) 那一天我跟家人有約。

➡ _____

3) 禮拜五不行……那天我必須留下來加班。

➡ _____

# UNIT 10 別れ際 (わかぎわ) 道別

## キーワード 082

- 飛行機 (ひこうき) 飛機
- 空港 (くうこう) 機場
- お見送り (おみおくり) 送行
- 別れる (わかれる) 分開／分手
- 遠距離恋愛 (えんきょりれんあい) 遠距離戀愛
- 単身赴任 (たんしんふにん) 一個人到外地工作 
- 楽しみにする (たのしみにする) 期待
- お世話になる (おせわになる) 承蒙照顧
- 連絡先を交換する (れんらくさきをこうかんする) 交換聯絡方式
- 写真を送る (しゃしんをおくる) 傳送照片
- メールをする 寄送 E-Mail
- 送る (おくる) 寄送  
- 連絡する (れんらくする) 聯絡
- 帰国する (きこくする) 回國
- 寂しい (さびしい) 寂寞
- ライン LINE
- 既読 (きどく) 已讀
- 未読 (みどく) 未讀

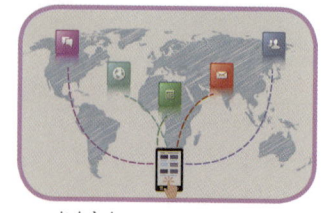

## キーセンテンス 🎧 083

**UNIT 10 別れ際** 道別

1. また明日／来週。　明天見／下週見。

2. そろそろ失礼します。　我差不多該離開了。

3. そろそろ行きますね。10分後に用事があるんです。
我差不多要走了，10分鐘後還有別的事要忙。

4. また会いましょう。　下次再見。

5. 山田さんによろしく（お伝えください）。
請幫我向山田先生／小姐問好。

6. お元気で。　好好保重。

7. 会えてよかったです。　能見到面真的好開心。

8. 林さんがいなくなると寂しくなります。
林先生／小姐要走了，真讓人感到有點寂寞。

9. 空港まで見送りに行きますよ。　我會到機場去送你的。

10. また東京へ来たら連絡してください。
下次到東京來別忘了找我喔。

11. 今までお世話になりました。　這段時間承蒙您的照顧。

12. 短い間でしたが、お世話になりました。
在這短短的時間裡，受到您多方照顧。

## 01 別れの挨拶

**A:** 佐藤さん、私、台湾へ帰ることになりました。

**A:** そうですか…いつ帰るんですか。

**A:** 来週の土曜日の飛行機で帰ります。

**A:** そうですか。またいつか会えるのを楽しみにしています。

**A:** はい。山田さんによろしくお伝えください。今までお世話になりました。

## 02 別れの挨拶

**A:** 陳さんに会えて、よかったです。陳さんがいなくなると寂しくなりますね。

**B:** たまには連絡してくださいね。

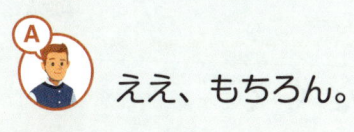

**A:** ええ、もちろん。

**B:** じゃ、そろそろ行きますね。また今度。

**A:** お元気で。

**B:** 佐藤さんもお元気で。

UNIT 10 別れ際 道別

## 句型

**～　ことになりました ❶**

例　台湾へ帰ります　➡　台湾へ帰ることになりました。

1　京都の大学に入学します

2　ワーキングホリデーで北海道へ行きます

3　台北で働きます　　　4　転勤します

**～て、～／～なくて、～ ❷**

例1　陳さんに会えました／良かったです

➡　陳さんに会えて、良かったです。

例2　山田さんに会えません／残念です

➡　山田さんに会えなくて、残念です。

1　ここで働けました／良かったです

2　一緒に食事できました／楽しかったです

3　パーティーに参加できません／残念です

4　日本語がわかりませんでした／困りました

---

❶ [Nということになりました][V-る/V-ない　ことになりました]：表示對於將來的行動已決定，或是其後的結果。

❷ [V-て][V-なくて]：表示前述事件是造成後面事件的理由。在這樣的句子中，後面多是情感的表達。

# Unit 10 練習問題　解答見 P. 258

**UNIT 10　別れ際　道別**

### 1　音声を聞いて、内容をまとめなさい。 🎧088

1) この人はお母さんが（　　　　　　　）ので、来月（　　　　）へ帰ります。

2) 林さんは卒業後、（　　　　　）て、（　　　　　）を手伝います。

### 2　音声を聞いて、正しければ○、間違っていれば×を入れなさい。 🎧089

1) （　　　） 2) （　　　） 3) （　　　）

### 3　ⓐ, ⓑお正しいほうを選びなさい。

1) 山田さんに ( ⓐ ありがとう　ⓑ よろしく ) お伝えください。

2) 一緒に食事でき ( ⓐ て　ⓑ る )、楽しかったです。

3) 空港まで見送りに ( ⓐ します　ⓑ 行きます ) よ。

### 4　次の中国語を日本語に訳しなさい。

1) 我要辭掉工作了。

➡ _____

2) 期待下次我們再碰面。

➡ _____

3) 真的很高興能見到佐藤小姐。

➡ _____

# PART 2

## 生活會話

# UNIT 11

## 外食(がいしょく) 外食

### キーワード

- レストラン 餐廳
- 居酒屋(いざかや) 居酒屋
- 予約(よやく)する 預約 
- キャンセルする 取消
- 注文(ちゅうもん)する 點餐
- 〜を頼(たの)む 點了〜
- メニュー 菜單 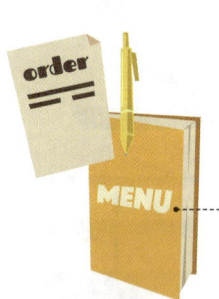
- お薦(すす)め 主廚推薦
- 前菜(ぜんさい) 前菜 
- 単品(たんぴん) 單點
- デザート 點心 
- ドリンク・飲(の)み物(もの) 飲料
- メインディッシュ・メインメニュー 主菜 
- ソース 醬汁 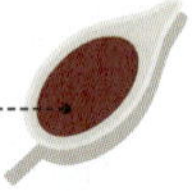
- ドレッシング 沙拉醬
- グラス 杯子
- お皿(さら) 碗
- プレート 盤子
- ベジタリアンフード 素食
- フォーク 叉子
- ナイフ 刀子
- スプーン 湯匙
- ファストフード 速食
- テイクアウト 外帶
- サイドディッシュ・サイドメニュー 配菜

## キーセンテンス 🎧091

**UNIT 11 外食**

外食

**1** 予約したいんですが。

我想要訂位。

**2** 予約の時間を変更したいんですが。

我想要變更訂位的時間。

**3** 予約の時間に１５分ぐらい遅れそうなんですが、構いませんか。

我們會比訂位的時間晚 15 分鐘左右，沒關係嗎？

**4** すみません、予約をキャンセルしたいんですが。

不好意思，我想要取消訂位。

**5** 窓の近くの席にしてもらえますか。

可以幫我預留窗戶旁的桌子嗎？

**6** Ⓐ どこかお勧めのレストランがありませんか。

有沒有哪家餐廳是你覺得值得推薦的？

Ⓑ 駅前のピザ屋はおいしいですよ。

車站前的披薩店很不錯喔。

**7** 七時に予約している山田です。

我姓山田，訂了 7 點的位置。

**8** 予約していないんですが、どのくらい待たないといけませんか。

我沒有事先訂位，請問大概得要等多久呢？

**9** Ⓐ ご注文はお決まりですか。　請問您決定好要點什麼了嗎？

　Ⓑ まだ決まっていません。　還沒想好。

**10** 本日のおすすめは何ですか。　今天的主廚推薦是什麼？

**11** ハンバーグ定食を一つお願いします。　請給我一份漢堡排套餐。

**12** ベジタリアンなんですが、お肉を含まない料理がありますか。
我吃素，所以想請問你們有沒有不含肉類食物的料理？

**13** さっき注文したフライドポテトをキャンセルしたいんですが。
我想要取消剛點的炸薯條。

**14** すみません、この料理は頼んでいないんですが…。
不好意思，我沒有點這一道菜耶。

**15** お水を入れてもらえますか。　可以幫我加點水嗎？

**16** お会計お願いします。　麻煩結帳。

**17** 別々でお願いします。　請幫我們分開算。

**18** クレジットカードが使えますか。　可以刷卡嗎？

## 会話 01 電話予約

**UNIT 11 外食**

A: はい、江戸屋です。

A: すみません、今週の土曜日予約したいんですが、夜7時は空いていますか。

A: 何名様ですか。

A: 3名です。

A: はい、空いています。では、お名前と電話番号をお願いします。

A: 佐藤です。電話番号は090-2245-6023です。

A: かしこまりました。では佐藤様、土曜日の夜7時にお待ちしております。

## 02 注文する

🎧093

- ご注文はお決まりですか。
- あの、本日のおすすめは何ですか。
- カツカレー定食です。
- 定食には何が付いていますか。
- サラダとスープ、それにドリンクが付いています。
- そうですか、じゃ、これを一つください。
- かしこまりました。

## 03 ファストフード

A: お待たせしました。何になさいますか。

B: チーズハンバーガーセット一つ。

A: こちらで召し上がりますか、お持ち帰りですか。

B: テイクアウトで。

A: お飲み物は何になさいますか。

B: コーラで。

A: では 620 円でございます。

……………千円渡す……………

A: 380 円のお返しです。では、そちらで少々お待ちください。

## 句型

### ～　んですが～ ❶

例　今週の土曜日予約したいです／夜7時は空いていますか
➡　今週の土曜日予約したいんですが、夜7時は空いていますか。

1. 注文した料理がまだ来ていません／確認してくれませんか
2. 昨日予約しました／時間を変更してもいいですか
3. 卵アレルギーです／卵を含まない料理がありますか
4. 食べきれません／包んでくれませんか

### ～　んですが…

例　この料理は頼んでいません
➡　この料理は頼んでいないんですが…。

1. 予約をキャンセルしたいです
2. メニューを見たいです
3. お皿が少し汚れています
4. 取り皿が欲しいです

---

❶ [ N / Na　なんですが ][ A / V　んですが ]：在向對方提出疑問，或是委請對方幫忙之前，要先將理由或狀況說明清楚時，即可使用這個句型。
如果只憑前述句就能讓對方理解意思的話，通常後述句就可以省略。

# Unit 11 練習問題

解答見 P. 259

### 1 音声を聞いて、（　）に単語を入れなさい。🎧097

1) 窓の近くの（　　　）に（　　　　）もらえますか。

2) ハンバーグ定食（　　　）一つ（　　　　　　　）。

3) 定食には何が（　　　　　　　）か。

### 2 音声を聞いて、正しければ○、間違っていれば×を入れなさい。🎧098

1)（　　　） 2)（　　　） 3)（　　　） 4)（　　　）

### 3 ⓐ, ⓑ正しいほうを選びなさい。

1) どこか（ⓐ おすすめ　ⓑ すすめる）のレストランがありませんか。

2) （ⓐ こちら　ⓑ どちら）で召し上がりますか、お持ち帰りですか。

3) すみません、この料理は（ⓐ 注文　ⓑ 頼んで）いないんですが…。

### 4 シチュエーションに合わせて文を作りなさい。

1) 沒有事先向餐廳訂位，向店員詢問得要等多久時間。

➡ _____

2) 你是素食者，向店員詢問是否有不含肉的料理。

➡ _____

3) 你點的餐點還沒送來，請店員確認。

➡ _____

# UNIT 12 スーパー・コンビニ買い物
超市・便利商店的購物

## キーワード

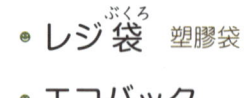

- スーパー 超市
- コンビニ 便利商店
- ～売り場 ～賣場
- 販売店 商店
- レジ 結帳櫃枱
- レジ袋 塑膠袋
- エコバック 環保購物袋
- レシート 發票
- 領収証 收據
- おつり 找零
- おまけ 贈品 
- 割引 折扣
- ～円引き 折價～圓
- ～％オフ 減～％
- 季節限定 季節限定
- 期限が切れる 過期
- 賞味期限 保存期限
- 商品を交換する 換貨

## キーセンテンス 🎧100

UNIT 12　スーパー・コンビニ買い物　超市・便利商店的購物

### 客人用語

1. 有機野菜はありますか。　你們有賣有機蔬菜嗎？

2. お惣菜／冷凍食品売り場はどこですか。
   小菜／冷凍食品在哪個區域？

3. マヨネーズを探しているんですが。
   我想找美乃滋……。

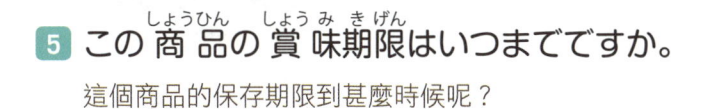

4. この牛肉を1キロ／500グラムください。
   請給我一公斤／500克的牛肉。

5. この商品の賞味期限はいつまでですか。
   這個商品的保存期限到甚麼時候呢？

### 收銀櫃台

6. 500円のお返しです。　找您500圓。

7. Ⓐ 袋にお入れしますか。　要幫您放進袋子裡嗎？

   Ⓑ いいえ、結構です。　不用，沒關係。

8. レジ袋をください。　請給我一個塑膠袋。

9. こちら、温めますか。　這要加熱嗎？

10. このチョコレートは今半額／30パーセントオフ／50円引きです。　這個巧克力現在半價／打七折／降價50圓。

97

## 01 コンビニのレジ 🎧101

**A:** いらっしゃいませ。こちら3点(てん)で3,200円(えん)でございます。お弁当(べんとう)は温(あたた)めますか。

**B:** はい、お願(ねが)いします。

**A:** お箸(はし)はお使(つか)いになりますか。

**B:** はい。

**A:** 5,000円(えん)お預(あず)かりします。こちら1,000円(えん)のお返(かえ)しと、レシートと800円(えん)のお返(かえ)しです❶。袋(ふくろ)にお入(い)れしますか。

**B:** いいえ、結構(けっこう)です。

**A:** ありがとうございました。

---

❶ 日本收銀櫃台習慣將紙鈔及零錢分開找給客人。所在這裡店員先找 1,000 圓的紙鈔，再將收據及 800 圓的零錢交給客人。

## 02 スーパー・肉売り場

**A**: すみません。この牛肉をください。

**B**: 何グラムになさいますか。

**A**: ええと…100グラムってどのくらいですか。

………店員、肉を量って見せる………

**B**: これでだいたい100グラムですよ。

**A**: ああ、ちょっと少ないですね。
じゃ、200グラムください。

**B**: はい、かしこまりました。

## 03 レジの計算間違い

A: すみません、さっき買い物した者なんですけど。

B: はい、どうしましたか。

A: この刺身、3割引なんですけど、レシートを見たら割引されてないみたいなんです。

B: そうですか、ご確認しますので少々お待ちください。

………店員、確認する………

B: 申し訳ございませんでした。こちらの打ち間違えです。ではこちらが差額の60円でございます。

A: どうも。

## 句型

~ って[1]

例 100グラム／どのくらいですか

→ 100グラムってどのくらいですか。

1. チリソース／何ですか
2. レジ袋／無料ですか
3. このパン／どんな味ですか
4. セール／いつまでですか

UNIT 12
スーパー・コンビニ買い物
超市・便利商店的購物

---

[1] [Nって][Aって][V（の）って]：用於闡明話題，並説明定義與意義。是口語化的表現，在書寫時則以「～とは」表示。

# Unit 12 練習問題　解答見 P.259

**1** 音声を聞いて、正しければ○、間違っていれば×を入れなさい。🎧105

1)（　　　）2)（　　　）3)（　　　）4)（　　　）

**2** 音声を聞いて、（　）に単語を入れなさい。🎧106

Ⓐ いらっしゃいませ。こちら 550 円です。

　お弁当は（1）　　　　）ますか。

Ⓑ はい、お願いします。

Ⓐ （2）　　　　）はお使いになりますか。

Ⓑ いいえ、（3）　　　　）です。

Ⓐ 1,000 円（4）　　　　）します。こちら 350 円のお返しと、

　（5）　　　　）です。

**3** ⓐ，ⓑ 正しいほうを選びなさい。

1) マヨネーズを（ⓐ 探して　　ⓑ 欲しい）いるんですが。

2) このパン（ⓐ では　　ⓑ って）どんな味ですか。

3) 袋（ⓐ で　　ⓑ に）お入れしますか。

**4** 次の中国語を日本語に訳しなさい。

1) 小菜在哪個區域？

➡ _____

2) 這件商品現在打七折。

➡ _____

# UNIT 13

## 服・家電…買い物　購買服飾・家電

### キーワード 107

- 買い物する　購物
- 〜を買う　購買〜
- 返品する　退貨
- 値段　價格
- ショッピングモール　購物中心
- アウトレット　OUTLET 暢貨中心
- 営業時間　營業時間
- 閉店時間　打烊時間
- （バーゲン）セール　（降價）大拍賣
- ３０パーセントオフ　七折優惠
- サイズ　尺寸
- 試着する　試穿 
- クーポン　優惠券
- 割引券　折價券
- レディース　女裝
- メンズ　男裝
- こども服　童裝
- 配送サービス　宅配服務
- お届け先　收件地址

## キーセンテンス 🎧108

### 尋找賣場及商品

1. 家電売り場はどこですか。　請問家電販售區在哪裡？

2. すみません、ブーツを探しているんですが。
不好意思，我想要找靴子……。

3. ストライプ柄のシャツが欲しいんですが。
我想要找條紋襯衫……。

4. Ⓐ 何かお探しでしょうか。　請問您在找什麼商品呢？

　Ⓑ 見ているだけです。　我只是隨意看看。

### 折扣

5. セールはいつまでですか。　降價優惠到什麼時候呢？

6. このドライヤーは割引がありますか。　這台吹風機有打折嗎？

7. Ⓐ このクーポンを使うことができますか。　這張優惠券可以使用嗎？

　Ⓑ 申し訳ございませんが、このクーポンは期限切れです。
不好意思，這張優惠券已經過期了。

## 詢問商品的詳細資訊 🎧109

[8] このセーターの素材は何ですか。　這件毛線衣的材質是什麼？

[9] このＴシャツの青色はありますか。　這件T恤有藍色的嗎？

[10] この靴の２４センチが欲しいんですが。
我想要這雙鞋，尺寸是 24 公分。

## 試穿

[11] 試着してみてもいいですか。　可以試穿嗎？

[12] このスカートはちょっと小さい／大きいです。
這件裙子有點太小／太大了。

[13] もう少し大きい／小さいサイズはありますか。
有再大一點／小一點的尺寸嗎？

[14] このズボンはちょっと長すぎるんですが、裾上げしてもらえますか。　這件褲子有點太長了，可以幫我改短一點嗎？

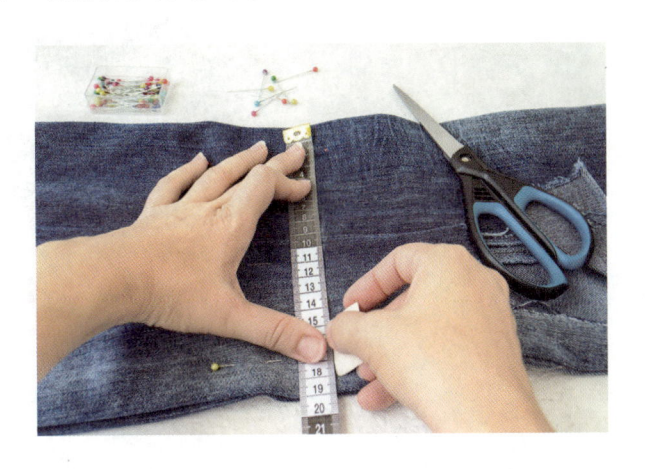

### 會員卡及服務相關 🎧110

**15** 会員カード／ポイントカードを作りたいんですが。
我想申請會員卡／點數卡。

**16** この家具は配送サービスがありますか。
購買這件家具有配送服務嗎？

**17** 保証期間はどのくらいですか。　保固期間是多久？

**18** この服、先週買ったんですが、返品することができますか。
這件衣服是我上禮拜買的，可以退貨嗎？

### 付款

**19** **Ⓐ** お支払いは現金ですか。カードですか。　您要付現還是刷卡？

　　**Ⓑ** 現金で。　付現。

**20** 領収書をもらえますか。　可以給我收據嗎？

## 01 炊飯器売り場はどこですか

A: すみません、炊飯器売り場はどこですか。

B: 右から2番目の列です。

A: ありがとうございます。

………炊飯器売り場へ移動する………

A: すみません、この商品を探しているんですが、あるかどうか調べてくれませんか。

B: はい、少々お待ちください。

A: それから、このクーポンを使うことができますか。

B: 申し訳ございませんが、このクーポンは期限切れです。

## 会話 02 試着

A: あの、このTシャツを試着してみてもいいですか。

B: はい、ではこちらへどうぞ。

………試着室で試着する………

A: すみません、ちょっと小さいんですけど、もう少し大きいサイズはありますか。

B: はい、では、お持ちしますので、少々お待ちください。…
お待たせしました。こちら、Lサイズでございます。

A: ありがとうございます。

………もう一度試着する………

B: お客様、いかがですか。

A: ちょうどいいです。これをください。

B: かしこまりました。ありがとうございます。

## 03 配送サービス

A: この商品は配送サービスがありますか。

B: はい、ございます。配送料に１２００円かかりますが、よろしいでしょうか。

A: ええ、大丈夫です。

B: 配送は２日後から可能ですが、どうなさいますか。

A: じゃ、２日後でおねがいします。

B: かしこまりました。では、こちらにお届け先をご記入ください。

## 句型

**～　か／～　かどうか ❶**

例1　炊飯器はどこにありますか／教えてください
　→　炊飯器はどこにあるか教えてください。

例2　この商品がありますか／調べてくれませんか
　→　この商品があるかどうか調べてくれませんか。

1　このクーポンは使えますか／わかりません

2　この商品はいつ発売されましたか／わかりますか

3　保証がありますか／調べてください

4　新商品の入荷はいつですか／わかりますか。

**～　てみてもいいですか ❷**

例　このTシャツを試着します
　→　このTシャツを試着してみてもいいですか。

1　この靴を穿きます　　2　このワンピースを着ます

3　このドライヤーを使います　　4　このソファーに座ります

---

❶ 疑問詞＋[ N / Na / A / V　か ]：疑問句與插入句中，與其他內容結合的時候使用，文句中含有疑問詞。
　[ N / Na / A / V　かどうか ]：疑問句與插入句中，與其他內容結合的時候使用，文句中不含有疑問詞。

❷ [ V-てみてもいいですか ]：針對要嘗試的事情徵求同意時使用。

## Unit 13 練習問題　解答見P.260

**1** 音声を聞いて、正しければ○、間違っていれば×を入れなさい。🎧116

1) (　　　) 2) (　　　) 3) (　　　)

**2** ⓐ，ⓑ正しいほうを選びなさい。

1) もう少し ( ⓐ 大きい　ⓑ 大きく ) サイズはありますか。

2) 保証期間は ( ⓐ いくらくらい　ⓑ どのくらい ) ですか。

3) このスカートを ( ⓐ 着て　ⓑ 穿いて ) みてもいいですか。

**3** 例のように文を作りなさい。

例1) この商品はいつ再入荷しますか／わかりますか

→ この商品はいつ再入荷するかわかりますか。

例2) 別の色がありますか／調べてください

→ 別の色があるかどうか調べてください。

1) 配送に何日かかりますか／わかりますか

→ _____

2) クーポンの期限はいつまでですか／忘れました

→ _____

3) 明日までに届きますか／調べてください

→ _____

4) 会員カードがありますか／忘れました

→ _____

# UNIT 14 部屋探し・家のトラブル
### 找房子・家裡的各種狀況

## キーワード 🎧117

- 修理 修繕
- 水回り 室內用水 
- 不動産屋 房屋仲介
- 部屋を借りる 租房 
- 大家 房東
- 入居者 房客
- 風呂・浴室 浴室
- トイレ 廁所
- リビング 客廳
- ダイニング 餐廳
- 台所・キッチン 廚房
- 寝室・ベッドルーム 臥房   
- 家具 家具
- 家具付き 附家具
- 水漏れ 漏水
- 雨漏り 漏雨
- 一軒家 透天厝
- マンション 華廈
- アパート 公寓

## キーセンテンス 🎧118

### 找房子

**1** アパート／２LDKの部屋を探しているんですが。
我想找公寓／兩房一廳的房子。

**2** 家賃3万円台／東西線沿線のワンルームを探しています。
我想要找租金3萬圓左右／東西沿線的套房。

**3** 南向き／駅から徒歩5分の部屋を希望しています。
我希望能找到朝南／走路5分鐘能到車站的房子。

**4** このマンションはオートロック／家具付きですか。
這間華廈有自動上鎖／附家具嗎？

### 費用相關

**5** この部屋の家賃はいくらですか。
這個房間的租金是多少？

**6** 光熱費と水道代も含まれていますか。
有含電費和水費嗎？

**7** 敷金と礼金はいくらですか。　押金和禮金各是多少呢？

**8** このアパートは管理費がありますか。　這間公寓得繳管理費嗎？

UNIT 14 部屋探し・家のトラブル　找房子・家裡的各種狀況

### 看房 🎧119

**9** 最寄の駅まで何分ぐらいかかりますか。

到最近的車站要花多少分鐘？

**10** 日当たり／風通しがいいですね。　日照／通風很好呢。

**11** いつから住み始めることができますか。　什麼時候可以入住呢？

**12** この部屋を見て／内覧してみたいです　我想看看／參觀這個房間。

**13** この部屋にします。　我要租這間房。

### 垃圾

**14** プラスチック／紙はこのごみ箱に捨ててください。

塑膠類／紙類請丟到這個垃圾桶。

**15** 生ごみと他のごみを分けなければなりません。❶

廚餘必須要和其他垃圾分開處理。

**16** ごみの日は何曜日ですか。　倒垃圾的時間是禮拜幾呢？

### 室內各種狀況 🎧120

**17** 水道から水漏れしています。　水管漏水了。

**18** トイレの水が流れなくなりました。　馬桶的水沖不下去了。

---

❶ 家事相關用語，請參照〈附錄〉P. 220。

19 トイレの水が止まらなくなりました。　馬桶的水一直流個不停。

20 トイレの排水管／お風呂の排水溝が詰まりました。
馬桶排水管／浴缸的排水通路堵住了。

21 お湯が出なくなりました。給湯器が壊れているかもしれません。
沒有熱水了，可能是熱水器壞掉了。

22 天井から雨漏りしています。　天花板開始漏雨了。

23 隣の部屋から変なにおいがします。　隔壁房間飄來奇怪的味道。

## 家電的各種狀況

24 テレビがきれいに映りません。　電視畫面變得模糊不清。

25 クーラーが壊れてしまいました。　冷氣壞掉了。

26 急にインターネットに接続できなくなりました。
突然沒辦法連上網路。

27 修理に来てもらえませんか。　可以請人來修理嗎？

28 どこか修理できる店を知っていますか。
請問你知道哪裡有水電維修行嗎？

UNIT 14 部屋探し・家のトラブル　找房子・家裡的各種狀況

## 会話 01 不動産屋での会話

A: いらっしゃいませ。物件をお探しですか。❶

B: はい。東西線沿線のワンルームを探しているんですが。

A: では、この部屋はいかがですか。
朝日駅から徒歩２０分で、家賃が３万７千円です。

B: うーん…、もう少し高くてもいいので、
駅から徒歩５分ぐらいの部屋はありませんか。

A: ありますよ。少々お待ちください。

---

❶ 找房子常見用語，請參照〈附錄〉P. 219。

## 02 水漏れを大家に報告する

**A:** すみません。昨日の夜から浴室の水道から水が出なくなったんですが…

**B:** そうですか、それはいけませんね。すぐに業者を呼びましょう。

**A:** 業者が来たら、ついでにトイレの調子も見てもらってもいいですか。時々水が流れないんです。

**B:** わかりました。業者に伝えておきます。

**A:** よろしくお願いします。

## 句型

**～　　なりました** [1]

**例1**　最近よくトイレが詰まります
→　最近よくトイレが詰まるようになりました。

**例2**　水道から水が出ません
→　水道から水が出なくなりました。

**1**　急にテレビが映りません

**2**　最近よく雨漏りします

**3**　クーラーがつきません

**4**　隣の部屋から犬の鳴き声が聞こえます

---

[1] [ Ｖ - る　ようになりました ][ Ｖ - ない　なくなりました ]：用以表示事物的變化。

# Unit 14 練習問題　解答見 P. 261

## 1 音声を聞いて、（　）に単語を入れなさい。🎧124

1) この（　　　）の（　　　）はいくらですか。
2) この部屋は（　　　）がいいですね。
3) すぐに（　　　）を（　　　）ましょう。
4) この部屋の（　　　）はどんな人ですか。

## 2 音声を聞いて、正しければ○、間違っていれば×を入れなさい。🎧125

1) （　　　） 2) （　　　） 3) （　　　） 4) （　　　）

## 3 ⓐ, ⓑ正しいほうを選びなさい。

1) 駅から徒歩5分（ⓐ くらい　ⓑ しか）の部屋はありませんか。
2) いつから住み（ⓐ 始める　ⓑ 開始）ことができますか。
3) 紙はこのごみ箱（ⓐ に　ⓑ から）捨ててください。
4) 隣の部屋から変なにおいが（ⓐ あります　ⓑ します）。

## 4 次の中国語を日本語に訳しなさい。

1) 冷氣不會動了。
   ➡ _____

2) 最近廁所堵住了。
   ➡ _____

3) 突然網路連不上了。
   ➡ _____

# UNIT 15 図書館 圖書館

## キーワード

- 延長手続き 續借手續
- 延長する 續借

- 延滞 過期
- 貸出禁止 禁止借出

- 本棚 書架
- デジタル資料 數位資料

- コピーする 影印
- 撮影する 拍照

- 申請する 申請
- 申し込む 辦理／報名

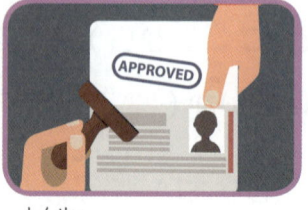

- 返却ボックス 還書箱
- 休館日 休館日

- 図書館 圖書館
- 貸出証 借書證

- 本を借りる 借書
- 本を返す 還書
- 返却する 歸還

- 貸出期間 借書期間
- 貸出期限 借書期限
- 返却日 還書日期

## キーセンテンス 🎧127

### 找書、過期、續借

1. この本を借りたいです。　我想借這本書。

2. Ⓐ この本を探しているんですが、どこにありますか。
   我想要找這本書，請問你知道在哪裡嗎？

   Ⓑ 外国小説の棚にありますよ。　在外國小説那一區的書架上喔。

3. この本があるかどうか検索してもらえませんか。
   可以幫我查查看這本書還在不在架上嗎？

4. すみません、貸出期限を4日過ぎてしまいました。
   不好意思，超過還書期限4天了。

5. 返却日を過ぎているので、一週間本を借りることができません。　因為超過還書日期了，所以一個禮拜之內不能再借書了。

6. インターネットで貸出の延長手続きができます。
   可以在網路上辦理續借手續。

### 其他服務

7. コピー機がありますか。　你們有影印機嗎？

8. 無料のWi-Fiがありますか。　你們有免費的Wi-Fi嗎？

9. 貸出証を申請したいんですが。　我想申辦借書證。

UNIT 15 図書館　圖書館

121

# 01 本の場所を聞く

A: すみません、雑誌のコーナーはどこですか。

B: まっすぐ行くと、左側にありますよ。

A: ありがとうございます。
あの、雑誌を借りることはできますか。

B: いいえ、雑誌は貸出禁止なので、図書館の中で読んでください。

## 会話 02 貸出証の申請

**A:** 貸出証を申請したいんですが。

**B:** お名前とご住所を確認できる身分証がありますか。

**A:** はい、これでいいですか。

**B:** はい、結構です。

**A:** 一度に何冊まで借りられますか。

**B:** 5冊までです。新聞や雑誌は貸出禁止ですから、ご注意ください。

**A:** 本は何日間借りられますか。

**B:** 2週間です。延長手続きをすれば、さらに2週間借りられます。

UNIT 15 図書館 / 圖書館

## 句型

> ～　　ので、～ ❶　　🎧130

例 雑誌は貸出禁止です／図書館の中で読んでください

➡ 雑誌は貸出禁止なので、図書館の中で読んでください。

1 返却日を過ぎています／一週間本を借りることができません

2 他の利用者に迷惑です／飲食は禁止です

3 明日は休館日です／本は返却ボックスに入れてください

> 可能動詞 ❷　　🎧131

例 一度に5冊まで借ります

➡ 一度に5冊まで借りられます。

1 フロントでコピーします

2 一人2時間までコンピューターを使います。

3 インターネットで延長手続きをします

4 3階でDVDを見ます

---

❶ [N／Na　なので][A／V　ので]：表示前述句是後述句的原因、理由。口語化的用法常以「んで」表示。

❷ 第一類動詞：「-eる」；第二類動詞：「-られる」；第三類動詞：「できる」「来られる」
　表示「能力、技能、某種狀況下的行為」的可能性。表示對象的助詞由「を」變成「が」。

# Unit 15 練習問題　解答見P.262

**1** 音声を聞いて、（　）に単語を入れなさい。🎧132

1) （　　　　　　）は１月１５日です。

2) 雑誌は（　　　　　　）なので、（　　　　　　）で読んでください。

3) （　　　　　　）で（　　　　　　）ができます。

**2** 音声を聞いて、正しければ○、間違っていれば×を入れなさい。🎧133

1) （　　）　2) （　　）　3) （　　）

**3** 正しい順番に並びかえなさい。

1) まで／一度に／できますか／ことが／何冊／借りる

→ _____

2) 外国小説の／は／に／棚／その本／あります

→ _____

3) 検索して／この本／ある／が／かどうか／もらえませんか

→ _____

**4** 例のように文を作りなさい。

例）ここは飲食禁止です／外で食べてください。

→ ここは飲食禁止なので、外で食べてください。

1) 明日は休館日です／本は明後日返却してください

→ _____

2) その本は他の人が借りています／予約しなければなりません

→ _____

UNIT 15 図書館　圖書館

125

# UNIT 16 銀行（ぎんこう） 銀行

## キーワード

- 預金（よきん）する　存款
- お金を預ける（かねをあずける）　存款 
- 残高（ざんだか）　餘額
- 手数料（てすうりょう）　手續費
- 振り込む（ふりこむ）　轉帳
- 両替（りょうがえ）する　換匯 
- 引き出す（ひきだす）　提款
- ＡＴＭ（エーティーエム）　ATM
- レート　利率
- 外貨（がいか）　外幣   
- 明細書（めいさいしょ）　清單明細
- 通帳（つうちょう）　存摺
- サイン　簽名  
- 小切手（こぎって）　支票
- クレジットカード　信用卡
- デビットカード　現金卡
- ネットバンキング　網路銀行
- 口座（こうざ）／アカウント　帳戶

## キーセンテンス 🎧135

**UNIT 16 銀行** 銀行

1. 口座を開きたい／開設したいんですが。
   我想開一個銀行帳戶／開通帳戶。

2. 手数料がかかりますか。　需要付手續費嗎？

3. ＡＴＭでお金を引き出すと、1回5円手数料がかかります。
   使用 ATM 提款的話，每次須收 5 圓手續費。

4. 利息はいくらですか。　利息多少？

5. この口座を解約したいんですが。　我想解除這個帳戶。

6. ＡＴＭはどこにありますか。　哪裡有 ATM 提款機呢？

7. 5万円引き出したいんですが。　我想提領 5 萬圓。

8. 預金残高を確認したいんですが、どうすればいいですか。
   我想確認我的存款餘額，該怎麼做呢？

9. クレジットカードを申し込みたいんですが。
   我想申辦信用卡。

10. 海外の口座へ振り込むことができますか。
    可以轉帳到海外的帳戶嗎？

11. 台湾元を日本円に両替したいんですが。
    我想用新台幣兌換成日圓。

12. Ⓐ 今日のレートはいくらですか。　今天的匯率是多少？

    Ⓑ 1元3.67円です。　1 元兌換 3.67 日圓。

127

## 01 口座開設

A: 普通預金の口座を開きたいんですが。

B: かしこまりました。ではまず身分証明書をご提示ください。

A: はい。

…………身分証を出す…………

B: ありがとうございます。
では、次に、こちらのフォームに必要事項を記入してください。

A: わかりました。

## 会話 02 両替

UNIT 16 銀行

A: すみません、この台湾元を日本円に両替してもらえませんか。

B: かしこまりました。ではこちらに必要事項を記入してください。

………必要事項を記入する………

A: 書けました。

B: では、20,000元お預かりします。
こちら、72,400円でございます。お確かめください。

A: ありがとうございました。

## 句型

～　てもらえませんか ❶

例　両替（りょうがえ）します

→　両替（りょうがえ）してもらえませんか。

1　ＡＴＭ（エーティエム）の使（つか）い方（かた）を教（おし）えます

2　ペンを貸（か）します

3　この千円札（せんえんさつ）を小銭（こぜに）にかえます

4　少（すこ）し待（ま）ちます

### コラム：ATM 的操作方法

- カードを入（い）れる　　插入卡片
- 暗証番号（あんしょうばんごう）を入力（にゅうりょく）する　　輸入密碼
- 「引（ひ）き出（だ）し」のボタンを押（お）す　　按「取款」鍵
- 金額（きんがく）を入力（にゅうりょく）する　　輸入金額
- 「確認（かくにん）」のボタンを押（お）す　　按「確認」鍵
- カードと現金（げんきん）、明細書（めいさいしょ）を取（と）る　　收取現金及明細表

---

❶ [ Ｖ - てもらえませんか ]：用在想要拜託對方做某事的時候。想要用更禮貌的方式表達時，可用 [ Ｖ - てもらえないでしょうか ]、[ Ｖ - ていただけませんか ]、[ Ｖ - ていただけないでしょうか ] 等形式。

# Unit 16 練習問題　解答見P.263

銀行

**1** 音声を聞いて、（　）に単語を入れなさい。🎧139

1) （　　　）円（　　　　　）たいんですが。

2) 海外の口座へ（　　　　　）ことができますか。

3) ＡＴＭでお金を引き出すと、1回5円（　　　　）が
（　　　　　）。

**2** 音声を聞いて、正しければ○、間違っていれば×を入れなさい。🎧140

1) （　　　） 2) （　　　） 3) （　　　）

**3** （　　　）に最も合う単語を□から選びなさい。

　　　　身分証明書　　口座　　利息　　ATM

1) この（　　　　）を解約したいんですが。

2) （　　　　）をご提示ください。

3) （　　　　）はどこにありますか。

4) （　　　　）はいくらですか。

**4** 例のように文を作りなさい。

例) ATMの使い方を教えます
　➡ ATMの使い方を教えてもらえませんか。

1) 台湾元に両替します ➡ _____

2) 今日のレートを教えます ➡ _____

3) このプランについて説明します

➡ _____

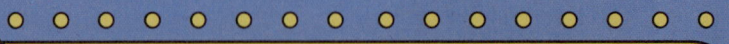

# UNIT 17 美容院(びよういん) 美容院

## キーワード

- 美容師(びようし) 美容師
- 髪型(かみがた)・ヘアスタイル 髪型
- カット 剪
- 髪(かみ)を切(き)る 剪頭髮
- ブロー 吹風
- 髪(かみ)を乾(かわ)かす 吹乾頭髮
- パーマ 燙髮
- パーマをかける 把頭髮燙起來
- セット 設計
- 髪(かみ)をセットする 髪型設計 
- ヘアサロン 美髮店
- 美容室(びようしつ) 美容店
- 美容院(びよういん) 美容院 
- シャンプー 洗髮精
- 頭(あたま)を洗(あら)う 洗頭
- カラー 髪色
- 髪(かみ)を染(そ)める 染髪
- 床屋(とこや)・理髪店(りはつてん) 男士理髮店
- 理容室(りようしつ) 理髮店

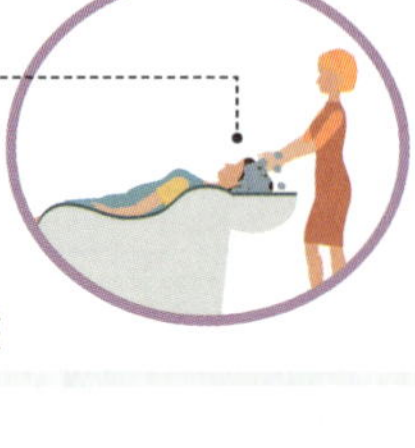

## キーセンテンス 🎧142

UNIT 17 美容院

### 進到店裡時

**1** 5時にカットの予約をした佐藤です。
我是佐藤，預約了五點要剪頭髮。

**2** 予約していないんですが、今からカットをお願いできますか。
我沒有事先預約，請問現在可以剪頭髮嗎？

### 與髮型設計師溝通自己的想法

**3** Ⓐ 今日はどうなさいますか。
今天想要怎麼剪呢？

Ⓑ 毛先を少し揃えてください。
我想要髮尾剪齊一點。

**4** ボブ／ショートカットにしてください。
請幫我剪鮑伯頭／短髮。

**5** 今晩パーティーに行くので、髪を巻いてください。
我今晚要去參加派對，所以請幫我弄成捲髮。

**6** この写真みたいな髪型にしてください。
請幫我弄成像這張照片一樣的髮型。

**7** Ⓐ 何か見本の写真がありますか。　有什麼可以參考的照片嗎？

　　Ⓑ はい、このヘアカタログをどうぞ。　有的，請您參考這本髮型目錄。

**8** 私は３年ぐらい髪を伸ばしています。　這頭長髮我留了三年。

**9** 長さはあまり変えないで、毛先を揃える程度にしてください。
請幫我將髮尾剪齊，但長度盡量不要變太多。

**10** 少し伸びてきたので、毛先を２、３センチカットしてください。
我的頭髮有點變長了，請幫我從髮尾剪短 2 到 3 公分。

**11** ２時間以内に終わりますか。
2 個小時之內可以完成嗎？

**12** 髪をすいてください。
請幫我頭髮打薄。

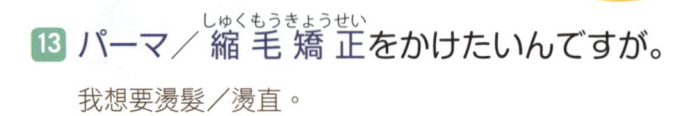

**13** パーマ／縮毛矯正をかけたいんですが。
我想要燙髮／燙直。

**14** 白髪が増えてきたので、白髪染めをお願いします。
我的白頭髮增加好多，請幫我染一染白髮。

**15** Ⓐ 分け目はどうしますか。　您的髮型要分哪一邊？

　　Ⓑ 真ん中／このへんで分けてください。
　　　請幫我分在正中央／這一邊。

## 01 カット1 🎧143

UNIT 17 美容院

美容院

A: 今日はどうなさいますか。

B: 少し伸びてきたので、毛先を2、3センチカットしてください。

A: 前髪はどうなさいますか。

B: 前髪はそのままで結構です。

## 02 カット2

A: 予約していないんですが、今からカットをお願いできますか。

B: はい、大丈夫ですよ。では荷物をお預かりします。こちらへどうぞ。

……………椅子に座る……………

B: 今日はどうなさいますか。

A: ボブにしたいんですが、何か見本の写真がありますか。

B: はい、このヘアカタログ❶をどうぞ。

A: この写真みたいにしてください。

B: はい、かしこまりました。

❶ 各式髮型、美髮用語、美髮用品，請見 P. 217。

## 句型

~ く／に ~てください[1]

**例1** もっと短い／切ります
→ もっと短く切ってください。

**例2** ショートカット／します
→ ショートカットにしてください。

1. 今より明るい／染めます
2. この写真みたい／します
3. ゆるい／パーマをかけます
4. 前回と同じ髪型／します

UNIT 17 美容院

美容院

---

[1] [N／Na にV][A-くV]：將形容詞及名詞變成副詞。「いい」則變成「よく」。

## コラム：髮型相關的具體說法

- 前髪（まえがみ） 瀏海
- 眉上（まゆうえ）で切（き）る 切齊眉毛
- 眉毛（まゆげ）が隠（かく）れるぐらいの長（なが）さに切（き）る 剪到可以蓋住眉毛的長度
- 目（め）にかかるぐらいの長（なが）さに切（き）る 剪到可以蓋住眼睛的長度
- 横分（よこわ）け／七三（しちさん）にする 旁分／三七分
- 右（みぎ）／左（ひだり）に流（なが）す 分右／左邊
- サイド／バック 側邊／後面
- 5分刈（ぶが）りにする 剪五分頭
- サイドを刈（か）り上（あ）げる 旁邊要推剪上去
- 耳（みみ）／肩（かた）にかかるぐらいの長（なが）さに切（き）る 剪到可以蓋住耳朵／肩膀的長度
- 肩上（かたうえ）／肩下（かたした）で切（き）る 剪到肩膀以上／肩膀以下
- 毛先（けさき）を揃（そろ）える 修剪髮尾
- シャギーを入（い）れる 羽毛剪
- 髪（かみ）をすいて量（りょう）を減（へ）らす 將頭髮打薄
- パーマをかけてボリュームを出（だ）す 用燙髮的方式讓髮量看起來變多
- 毛先（けさき）を内（うち）／外巻（そとま）きにする 髮尾向内／往外捲
- 縮毛矯正（しゅくもうきょうせい）をかける 把頭髮燙直
- メッシュを入（い）れる 挑染

# Unit 17 練習問題　解答見 P. 263

**1** 音声を聞いて、（　）に単語を入れなさい。 🎧146

1) 何か（　　　）の写真がありますか。

2) 白髪が（　　　）きたので、白髪染めをお願いします。

3) （　　　）を２、３センチ（　　　）してください。

**2** 音声を聞いて、正しければ○、間違っていれば×を入れなさい。 🎧147

1) （　　　） 2) （　　　） 3) （　　　） 4) （　　　）

**3** 正しい順番に並びかえなさい。

1) ３年／います／私は／ぐらい／伸ばして／髪を

→ _____

2) 予約を／した／カットの／佐藤です／５時に

→ _____

**4** 次の中国語を日本語に訳しなさい。

1) 請再剪短一點。

→ _____

2) 請幫我剪短髮。

→ _____

3) 請幫我弄成像這張照片一樣的髮型。

→ _____

UNIT 17 美容院

# UNIT 18 病院 醫院

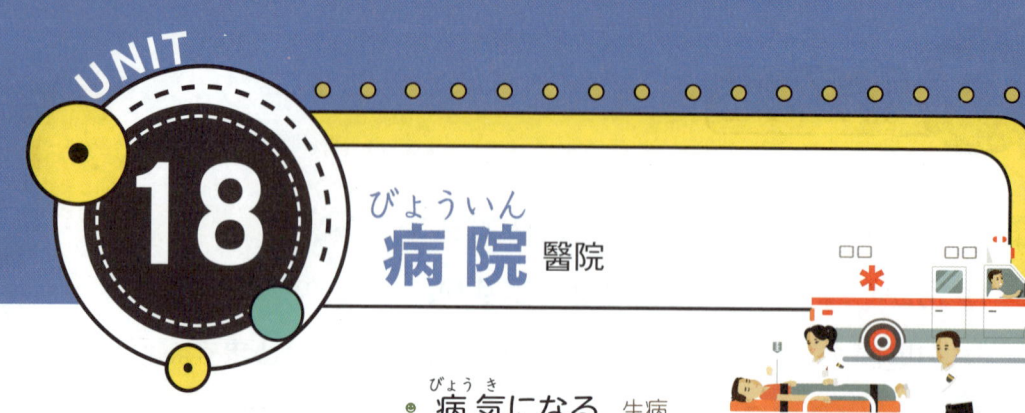

## キーワード

- 病気になる 生病
- 救急病院 急診醫院
- 救急センター 急診中心
- 病院へ行く 去醫院
- 頭／喉／胃／歯が痛い 頭、喉嚨、腸胃、牙齒疼痛
- 下痢 拉肚子
- 吐く 嘔吐
- 吐き気がする 想吐
- インフルエンザ 流感
- 咳が出る 咳嗽
- 怪我をする 受傷
- 捻挫 扭傷
- 足を骨折する 腿骨折
- 腫れる 腫脹
- くしゃみが出る 打噴嚏
- 鼻水が出る 流鼻水
- めまいがする 暈眩
- 熱がある 發燒

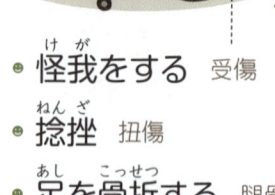

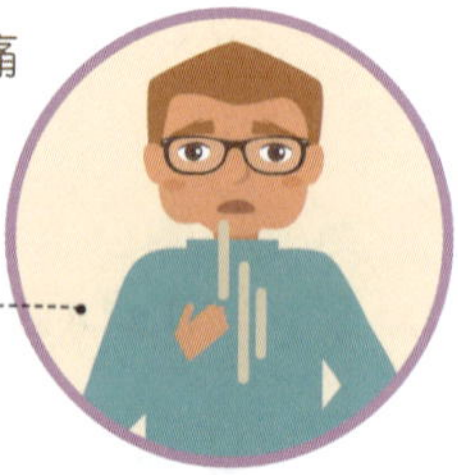

# UNIT 18 病院 醫院

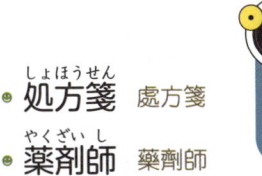

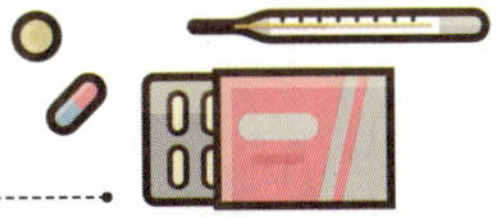

- カプセル剤 膠囊
- 錠剤 錠劑
- シロップ剤 糖漿藥劑
- 液体薬 口服液
- 塗り薬 藥膏
- 粉薬 粉末狀藥物
- 処方箋 處方箋
- 薬剤師 藥劑師
- 医者 醫生
- 看護師 護士
- 患者 病人
- 入院する 住院
- 1日に3回 一日三次
- 食前・食後 飯前・飯後
- 点滴 點滴
- 注射する 打針
- 薬を飲む 吃藥
- 診察を受ける 接受診療

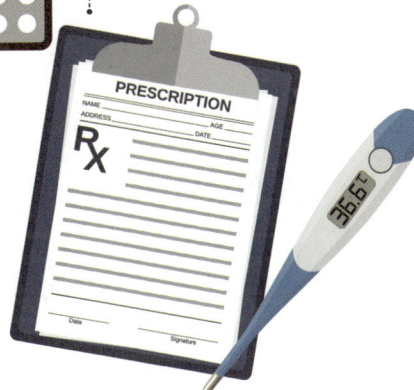

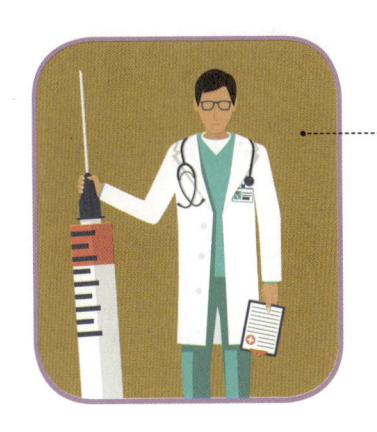

## キーセンテンス 🎧149

### 預約看診

**1** 今週の水曜日の診察を予約したいんですが。
我想預約這禮拜三看診。

**2** 急用ができたので、予約した診察の時間を変更してもらえませんか。　我突然有點急事需要處理，可以變更預約看診的時間嗎？

**3** 健康診断を受けたいんですが。　我想做健康檢查。

### 在醫院會聽到的指示

**4** 名前をお呼びしますから、待合室でお待ちください。
我會叫您的名字，請到候診室等待。

**5** 血圧を測ります。　量血壓。

**6** 体重計にのってください。　請站上體重計。

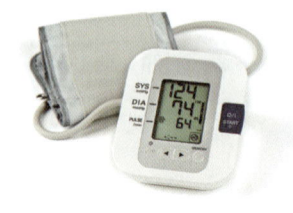

### 醫生的提問

**7** 飲酒や喫煙の習慣がありますか。　您有喝酒或抽菸的習慣嗎？

**8** 何か薬を服用していますか。　您目前是否有服用什麼藥物嗎？

**9** 症状が出始めたのはいつですか。　什麼時候開始出現症狀的？

**10** 食欲はありますか。　食慾還好嗎？

## UNIT 18 病院 醫院

11 Ⓐ アレルギーを持っていますか。　您是否對什麼東西過敏嗎？

　　Ⓑ 私は卵アレルギーです。　我對雞蛋過敏。

12 ゆっくり息を吸って／吐いてください。　請慢慢地吸氣／吐氣。

### 症状説明 🎧150

13 めまいがするんです。　我覺得頭暈目眩。

14 今朝から体調／気分が悪いんです。
早上起來身體／感覺就不是很好。

15 咳が止まらないんです。　咳個不停。

16 昨日からずっと胃が痛いんです。
胃從昨天一直痛到現在。

### 診斷結果

17 インフルエンザに感染しています。　感染了流感。

18 食中毒のようです。　好像是食物中毒。

### 看診時所提出的問題

19 治るのにどのくらいかかりますか。　大概要花多少時間才能治好？

20 何か食べてはいけないものがありますか。　有什麼不能吃的東西嗎？

21 次回いつごろ診察に来ればいいですか。　什麼時候再來回診比較好？

### 醫生的指示 🎧151

22 夜更かししないでください。　請不要熬夜。

23 水分補給を忘れないでください。　請不要忘記補充水分。

24 レントゲンを撮る必要があります。　您必須要去照一下X光。

25 尿検査を受けてください。　煩請接受尿液檢查。

26 今すぐ入院してください。　請馬上去辦理住院

27 手術する必要があります。　您必須要動手術。

### 藥品相關的說法

28 薬の処方はこちらですか。　處方藥物是在這裡領取嗎？

29 痛み止めが欲しいんですが。　我想要拿止痛藥……。

30 この薬はいつ飲めばいいですか。　這種藥什麼時候吃比較好呢？

31 1日3回、食後に服用してください。　一天三次，請在飯後服用。

32 6時間に1回服用してください。　請每隔6小時服用一次。

## 01 電話予約

UNIT 18 病院 醫院

A: はい、星野歯科です。

B: すみません、診察を予約したいんですが。

A: はい、いつがよろしいですか。

B: 今週の木曜日か金曜日でお願いします。

A: はい、では、金曜日の午前11時はいかがですか。

B: 大丈夫です。

### コラム：疾病的名稱

- 糖尿病 糖尿病
- 高血圧 高血壓
- 癌 癌症
- 喘息 氣喘
- 脳卒中 中風

- インフルエンザ 流感
- 感染症 傳染性疾病
- うつ病 憂鬱症
- 精神疾患 精神病患

## 会話 02 診察 🎧153

A: どうしましたか。

B: 昨日から喉が痛くて…。風邪を引いたようなんです。

A: 症状が出始めたのはいつからですか。

B: 昨日の朝からです。

A: 寒気がしますか。

B: はい、します。

A: そうですか。では、まず熱を測ってみましょう。

……………………………………………………

A: 風邪ですね。風邪薬❶を出しておきます。
それから、2、3日家でゆっくり休むようにしてください。

B: はい、わかりました。

# 03 薬を受け取る

**UNIT 18 病院** 醫院

A: 薬の処方はこちらですか。

B: ええ、そうです。処方箋がありますか。

A: はい。

……処方箋を渡す……

B: では、錠剤が２種類と、塗り薬が１種類です。

A: 錠剤はいつ飲めばいいですか。

B: １日３回、食後に服用してください。

---

❶ 其他常見的藥物名稱：
- 飲み薬（內服藥物）■ 目薬（眼藥）■ 風邪薬（感冒藥）■ 解熱剤（退燒藥）
- 頭痛薬（頭痛藥）■ 痛み止め（止痛藥）■ 咳止め（止痛／治咳藥）
- 下痢止め（止瀉藥）■ 下剤（腹瀉藥）■ 便秘薬（便秘藥）
- ビタミン剤（維他命補充劑）

## 句型

### ～ ようです❶

例 風邪を引きました ➡ 風邪を引いたようです。

1. 少し熱があります
2. インフルエンザにかかりました
3. 食あたりです
4. 昨日働きすぎました

### ～ ようにしてください❷

例1 家でゆっくり休みます
 ➡ 家でゆっくり休むようにしてください。

例2 無理をしません ➡ 無理をしないようにしてください。

1. 患部を濡らしません
2. 早く寝ます
3. 脂っこいものや甘いものを食べません

---

❶ [Nのようだ][Naなようだ][A／Vようだ]：依據說話者自己的感覺、察覺為基礎，主觀性地對當下的情況做出判斷或推測。口語化的用法可以「～みたいだ」來表示。

❷ [V-る／V-ない　ようにしてください]：禮貌的指示及拜託的用法。

# Unit 18 練習問題　解答見 P. 264

**1** 音声を聞いて、（　）に単語を入れなさい。🎧157

1) 今朝から（　　　　）が（　　　　　　）んです。
2) 少し熱が（　　　　）から、（　　　）をしないようにしてください。

**2** 音声を聞いて、正しければ○、間違っていれば×を入れなさい。🎧158

1) （　　　）2) （　　　　）3) （　　　　）4) （　　　　）

**3** ⓐ，ⓑ正しいほうを選びなさい。

1) 吐き気が ( ⓐ する　ⓑ ある ) んです。
2) 家でゆっくり ( ⓐ 休む ⓑ 休み ) ようにしてください。
3) 治るのにどのくらい ( ⓐ 経ちます ⓑ かかります ) か。

**4** 例のように文を作りなさい。

例) インフルエンザです　➡　インフルエンザのようです。

1) お酒を飲みすぎました　➡　_____
2) 熱中症になりました　➡　_____

**5** 次の文を中国語に訳しなさい。

1) 風邪が治るまで、辛いものを食べないようにしてください。

➡　_____

2) 健康のために、できるだけ運動するようにしてください。

➡　_____

# UNIT 19
## きんきゅうじたい
## 緊急事態 緊急狀況

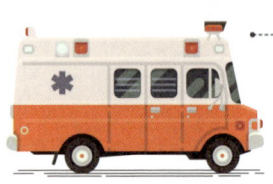

**キーワード** 🎧159

- きゅうきゅうしゃ 救急車　救護車
- しょうぼうしゃ 消防車　消防車
- つうほう 通報する　報警
- ひがいしゃ 被害者　被害人
- かがいしゃ 加害者　加害者
- こうつうじこ 交通事故　交通事故
- たいほ 逮捕する　逮捕
- じじょうをきく 事情を聞く　訊問
- ぼうはん 防犯ブザー　蜂鳴警報器
- しろ 白バイ　警用摩托車
- パトカー　警車
- はんにん 犯人　犯人
- ようぎしゃ 容疑者　嫌疑犯
- ちかん 痴漢　色狼
- どろぼう 泥棒　小偷
- ひったくり　強盗
- すり　扒手
- ぬすむ 盗む　竊取
- とる 盗る　強奪／偷拿
- ごうとう 強盗　搶劫
- けいさつしょ 警察署　警察局
- こうばん 交番　派出所
- けいさつ 警察　警察
- おまわりさん　巡邏員警

## キーセンテンス 🎧160

### 緊急情況

1. 助(たす)けて（ください）！（請幫幫我） 救命啊！

2. 警察(けいさつ)を呼(よ)んでください。 請幫我報警。

### 報警

3. 家(いえ)に泥棒(どろぼう)が入(はい)りました。 我家遭小偷了。

4. 車(くるま)／自転車(じてんしゃ)を盗(ぬす)まれました。 我的車／腳踏車被偷走了。

5. 交通事故(こうつうじこ)に遭(あ)いました。 我發生了交通事故。

6. すりに財布(さいふ)を取(と)られました。 小偷把我的錢包偷走了。

7. 火事(かじ)です。朝日町(あさひまち)4丁目(ちょうめ)のビルが燃(も)えています。

    發生火災了。朝日町四丁目的大樓正起火燃燒中。

8. 泥棒(どろぼう)に10万円(まんえんぬす)盗まれました。 我的10萬圓被小偷偷走了。

9. 最後(さいご)に私(わたし)の車(くるま)を見(み)たのは昨日(きのう)の夜(よる)11時頃(じごろ)です。

    我最後一次看到我的車是在昨天晚上11點左右。

### 警方

10. 落(お)ち着(つ)いてください。すぐそちらに向(む)かいます。

    請冷靜下來，我們馬上會派員過去。

**UNIT 19 緊急事態 緊急狀況**

151

## 会話 01 通報 🎧161

A: はい、警察です。

B: 家に泥棒が入りました。時計と現金を盗まれました。

A: わかりました。お名前と住所を教えてください。

B: 山田まゆみです。住所は北区大川町1-1です。

A: では、10分以内にそちらへ向かいます。

## 会話 02 犯人の外見を説明する

**UNIT 19 緊急事態** 緊急狀況

A: 犯人の外見を説明してください。

B: 背が高かったです。だいたい180センチぐらいだと思います。
それから、髪が短くて、茶髪でした。

A: 他に何か特徴がありましたか。
眼鏡をかけているとか…。

B: いいえ、眼鏡はかけていませんでした。

A: 犯人の服装を覚えていますか。

B: ジーンズを穿いていました。それから、黒いジャケットを着ていました。

### コラム：其他外貌特徵相關的說法

- **Ⓐ 犯人の外見を説明してください。**
  請說明一下犯人的外貌特徵。

- **Ⓑ 背が低くて、髪が短かったです。** 身材矮小，頭髮很短。

- **Ⓐ 犯人の服装を覚えていますか。** 你還記得犯人所穿的衣服嗎？

- **Ⓑ ジーパンを穿いていました。** 他穿著牛仔褲。

---

- 背が高い／低い 身材高大／矮小
- 痩せている 纖瘦
- 太っている 肥胖
- 小太り 微胖
- 大柄／小柄 體格壯碩／身材嬌小
- 髭が生えている 臉上有長鬍子
- 目が大きい／小さい 大眼睛／小眼睛
- 眉が太い／細い 濃眉／細眉
- 髪が長い／短い 長頭髮／短頭髮
- Tシャツを着ている 穿著T恤
- スカートを穿いている 穿著裙子
- 眼鏡をかけている 戴眼鏡
- 帽子をかぶっている 戴帽子

## 03 事故をおこす

UNIT 19 緊急事態　緊急狀況

A: どうしましたか。

B: 車で事故をおこしてしまいました。自転車に追突してしまって、相手の方は腕を怪我しています。

A: わかりました。落ち着いてください。場所はどちらですか。

B: 駅前の交差点です。

A: すぐそちらへ向かいます。救急車は呼びましたか。

B: はい、もう呼びました。

## 句型

### 受身動詞 ❶ 🎧164

例 泥棒／時計と現金を盗みます
➡ 泥棒に時計と現金を盗まれました。

1 ひったくり／かばんを取ります

2 痴漢／体を触ります

3 あの人／顔を殴ります

4 あの人／携帯電話を壊します

### ～　　てしまいました ❷ 🎧165

例 車で事故をおこしました
➡ 車で事故をおこしてしまいました。

1 自転車に追突しました

2 歩行者をひきます

3 店の窓ガラスを割りました

4 子供が迷子になりました

---

❶ 第一類動詞「-aれる」；第二類動詞「-られる」；第三類動詞「される」「来られる」：
這裡是以「被動式」描述因為某人的行為而造成困擾的狀況。

❷ [ V - てしまいました ]：用以描述遺憾或後悔的心情。
口語化的用法是「～ちゃった/じゃった」。

# Unit 19 練習問題　解答見P.265

**1** 音声を聞いて、（ ）に単語を入れなさい。

1) （　　　）を（　　　）ください。
2) （　　　）をおこしてしまいました。
3) （　　　）ください。（　　　）そちらに向かいます。

**2** 音声を聞いて、正しければ○、間違っていれば×を入れなさい。

1) （　　） 2) （　　） 3) （　　）

**3** （　）に最も合う単語を□から選びなさい。

> 交通事故　　迷子　　怪我　　犯人

1) （　　　）にあいました。
2) 相手の方は腕を（　　　）しています。
3) （　　　）の服装を覚えていますか。
4) 子供が（　　　）になってしまいました。

**4** 次の中国語を日本語に訳しなさい。

1) 扒手把我的錢包偷走了。

➡ _____

2) 手錶與現金被小偷偷走了。

➡ _____

3) 手機被那個人弄壞了。

➡ _____

## UNIT 20 道を尋ねる 問路

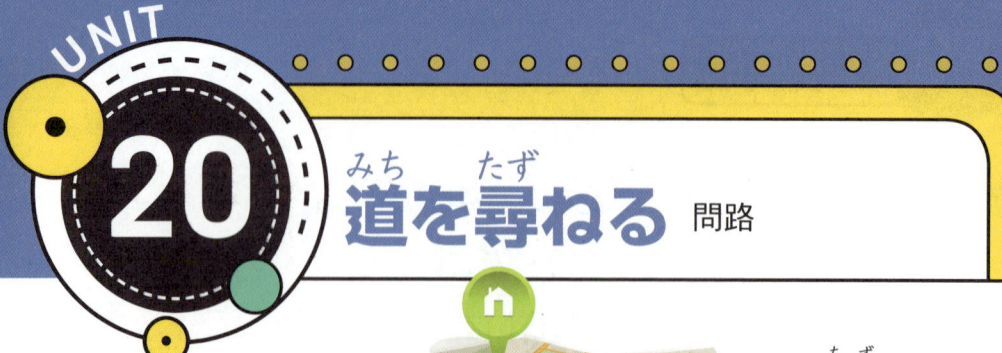

### キーワード 🎧168

- 地図 地圖
- 案内所 詢問處
- 右／左へ曲がる 右轉／左轉
- 隣 接鄰；隔壁
- そば 旁邊
- 角 街角
- 突き当たり 路底
- 向かい 對面
- 線路 鐵路
- 道路 一般道路 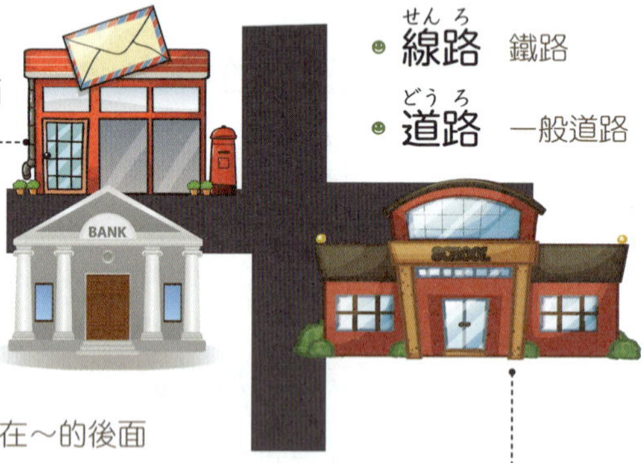
- まっすぐ行く 直走過去
- 道／橋を渡る 過路口／過橋
- ～のうら 在～的後面
- ～の間 在～之間
- ～の前 ～的前面
- ～の後ろ ～的後面
- 道を尋ねる 問路
- 道に迷う 迷路 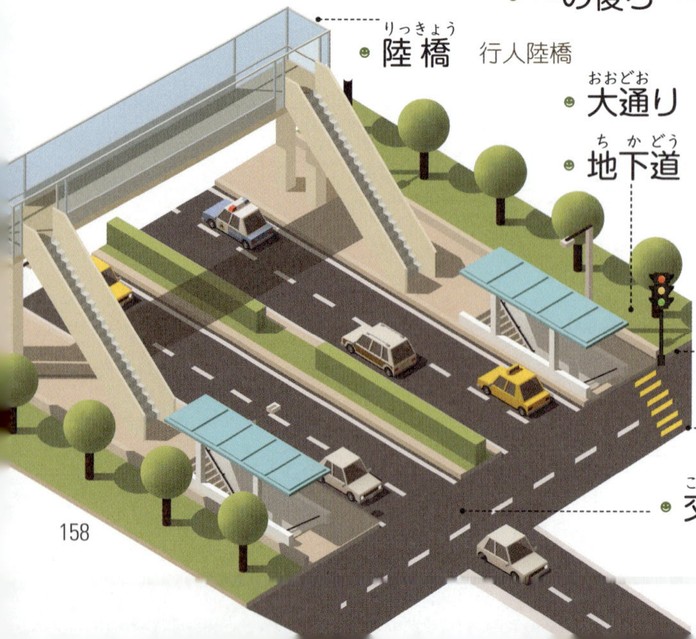
- 陸橋 行人陸橋
- 大通り 大馬路
- 地下道 地下道
- 信号 紅綠燈
- 横断歩道 斑馬線
- 交差点 十字路口

## キーセンテンス 🎧169

### 問路

**1** 道に迷ってしまったんですが、ちょっと教えてもらえませんか。
　　我迷路了，可以請您教我怎麼走嗎？

**2** すみません、郵便局はどちらですか。
　　不好意思，請問郵局在什麼地方？

**3** プリンスホテルを探しているんですが。ご存知ですか。
　　我正在找王子飯店，請問您知道怎麼走嗎？

**4** Ⓐ この住所までどうやって行けばいいですか。
　　這個地址要怎麼走？

　　Ⓑ すみません、私もこの辺のことはあまり知らないんです。
　　不好意思，這附近我也不太熟。

**5** この近くにお土産屋さんがありますか。
　　這附近有沒有賣伴手禮的店家呢？

**6** 地図を描いてもらえませんか。
　　可以請您畫地圖給我嗎？

UNIT 20 道を尋ねる　問路

159

**說明路線** 🎧170

**7** まっすぐ行くと、右側に病院があります。
你往前直走，就會看到醫院在你的右手邊。

**8** まっすぐ行くと、2つ目の角のところにコンビニがあります。
你往前直走，在第二個路口轉角就會看到便利商店。

**9** レストランはホテルの向かいにあります。　餐廳就在飯店的正對面。

**10** あの交差点を右へ曲がって少し行くと、駅があります。
在那個十字路口往右轉，再往前走一點點就到車站了。

**11** その店は図書館の左側にあります。　那家店就在圖書館的左邊。

**詢問地方**

**12** すみません、佐藤先生のオフィスはどちらですか。
不好意思，請問佐藤老師的辦公室在哪裡呢？

**13** Ⓐ サービスカウンターは何階ですか。　請問服務櫃台在幾樓呢？

　　Ⓑ 4階です。　在四樓。

160

## 01 道を尋ねる

**UNIT 20 道を尋ねる　問路**

A: すみません、この近くに郵便局がありますか。

B: はい、郵便局はあっちですよ。
この道をまっすぐ行ったところにあります。

A: 右側ですか。左側ですか。

B: 右側です。

A: そうですか。ありがとうございます。

## 会話 02 場所を尋ねる 🎧172

**A:** すみません、佐藤先生のオフィスはどちらですか。

**B:** 三階にありますよ。

**A:** 何号室かご存知ですか。

**B:** たしか、314号室だと思います。給湯室の向かいの部屋ですよ。

**A:** そうですか。ありがとうございます。

## 句型

### ～ ところに ❶

例 この道をまっすぐ行きます／郵便局があります
→ この道をまっすぐ行ったところに、郵便局があります。

1. あの角を右へ曲がります／薬局があります
2. 橋を渡ります／駅があります
3. ２階に上がります／化粧品売り場があります
4. 信号を渡ってまっすぐ行きます／コンビニが見えます

### ～ たしか～と思います ❷

例 先生の部屋／314号室です
→ 先生の部屋は、たしか314号室だと思います。

1. コンビニ／この先にあります
2. その店／先月閉店しました
3. その本屋／この角を曲がったところにあります
4. その美容室／月曜日は休みです

---

❶ [ V-たところに ]：藉著移動動詞，説明移動的目的點。

❷ [ N / Na　だ　と思います ][ A / V　と思います ]：用於闡述個人主觀的判斷或個人意見。「たしか（副）」用於表示判斷、推測「相當值得信賴」。

UNIT 20 道を尋ねる　問路

# Unit 20 練習問題　解答見 P. 266

**1** 音声を聞いて、（　）に単語を入れなさい。🎧175

1) （　　　）を（　　　）ところに、コンビニがあります。

2) そのスーパーは、（　　　）この（　　　）を曲がったところにあると思います。

3) ここを（　　　）行って、（　　　）を右へ曲がってください。

**2** 音声を聞いて、正しければ○、間違っていれば×を入れなさい。🎧176

1) （　　） 2) （　　） 3) （　　）

**3** ⓐ，ⓑ正しいほうを選びなさい。

1) コンビには、( ⓐ たしか　ⓑ たしかに ) この先にあると思います。

2) プリンスホテルまで ( ⓐ どうやって　ⓑ どっち ) 行けばいいですか。

3) レストランはホテルの隣 ( ⓐ が　ⓑ に ) あります。

**4** 次の中国語を日本語に訳しなさい。

1) 我記得那間店應該是在書店旁邊。

➡ _____

2) 可以畫個地圖給我嗎？

➡ _____

3) 我迷路了，可以跟我說怎麼走嗎？

➡ _____

# UNIT 21

## 交通機関 大眾運輸工具
こうつう きかん

### キーワード

- ホーム 乘車月台
- 駅員 車站服務人員
- バスを降りる 下公車
- バスに乗る 搭乘公車
- ～行き 往～目的地
- バス 公車
- 電車 電車
- 新幹線 新幹線
- 乗り換え 轉乘
- 乗り換える 換車
- 切符 車票
- チケット 票券
- 運賃 車資
- 時刻表 時刻表
- ダイヤ 列車時刻表
- 路線図 路線圖
- 乗車券 乘車票券
- 特急券 特急券
- 整理券 （車上發給的）乘車票券
- 改札口 剪票口
- 出口 出口
- 駅 （電車、新幹線等等）車站
- バス停 公車候車亭
- タクシー／バス乗り場 計程車／公車巴士乘車處

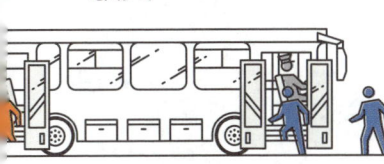

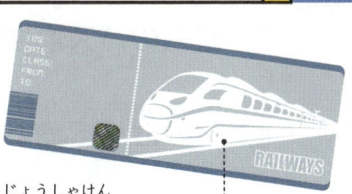

## キーセンテンス 🎧178

### 公車候車亭、車站

**1** 最寄のバス停はどこですか。　最近的公車候車亭在什麼地方？

**2** この近くに地下鉄の駅がありますか。　這附近有地下鐵的車站嗎？

### 路線、出發時間

**3** 市役所までのバスは何番ですか。　請問幾號公車可以到市公所？

**4** 次のバスはいつですか。　下一班公車什麼時候會到呢？

**5** 市立図書館はどの駅で降りればいいですか。
要到市立圖書館的話，在哪一站下車比較好？

### 轉乘

**6** 乗り換えが必要ですか。　必須要轉乘嗎？

**7** Ⓐ どこで乗り換えればいいですか。　我可以在哪裡轉乘？

　　Ⓑ 中央駅で大和線に乗り換えてください。
　　請在中央車站轉乘大和線（列車）。

## 車站售票窗口 🎧179

**8** 路線図を1枚ください。　請給我一張路線圖。

**9** 中央公園までいくらですか。　到中央公園多少錢？

**10** 一日乗車券を一枚ください。　請給我一張一日券乘車票。

**11** Ⓐ 学割がありますか。　有學生折扣嗎？

　　Ⓑ はい、学生は3割引です。学生証を見せてください。
　　有的，學生打七折，請出示學生證。

## 在公車上的對話

**12** 市民プールは次の駅ですか。
下一站是市民游泳池嗎？

**13** 図書館前に着いたら教えてください。
抵達「圖書館站」時請跟我說一聲。

**14** 運賃は降りるとき払えばいいですか。
車資在下車時付可以嗎？

UNIT 21 交通機関　大眾運輸工具

### 搭錯車 🎧180

**15** すみません、乗り間違えました。　不好意思，我搭錯車了。

**16** 乗り越してしまいました。ここで降ろしてくれませんか。
我搭過站了，請問可以在這裡下車嗎？

### 搭乘電車

**17** ここは中央駅行きのホームですか。
往中央車站的列車是在這個月台搭乘嗎？

**18** この電車は空港まで行きますか。　這輛電車有開往機場嗎？

**19** ここから空港までリムジンバスが出ていますか。
從這裡要過去機場的話，有機場接駁公車可以搭乘嗎？

### 計程車上的對話

**20** プリンスホテルまでお願いします。　請載我到王子飯店。

**21** ここからデパートまでいくら／何分ぐらいかかりますか。
從這裡到百貨公司大概要花多少錢／多少時間呢？

**22** 急いでいるんですが、もう少しスピードを出してくれませんか。
我有點趕時間，可以請你稍微開快一點嗎？

**23** あの交差点の前で止めてください。　請停在那個十字路口前方。

**24** おつりは結構です。　不用找了。

## 会話 01 バスの路線を聞く 🎧181

**A:** すみません。市役所までのバスは何番ですか。

**B:** 市役所は3番か16番ですよ。

**A:** そうですか。3番と16番はどこから乗ればいいですか。

**B:** あそこのDのバス停です。

**A:** そうですか。ありがとうございます。

---

### ❓ コラム：日本的公車搭乗方式

- 後ろのドアからバスに乗る。　從公車後方的門上車。
- → 整理券を取る。　取乘車票券。
- → 降りる駅に着く前に降車ボタンを押す。　即將抵達下車站前按鈴。
- → 運賃箱に運賃と整理券を入れる❶。　到車資箱投入車資及乘車票券。
- → 前のドアからバスを降りる。　從前方的門下車。

---

**UNIT 21** 交通機関　大眾運輸工具

❶ 如果身上剛好沒有零錢的話，可以拿千元紙鈔到公車前方的兌幣機進行兌換。前方的車資顯示機上會有應付的車資金額。請查看上車時拿到的乘車票券，然後在顯示機上找到相同的號碼，並給付該號碼的欄位中所顯示的金額。

## 会話 02 新幹線の切符を買う

A: 京都行きを1枚ください。

B: 何時発ですか。

A: 一番早いのは何時発ですか。

B: つぎは10時30分ですが、いかがですか。

A: じゃ、それにします。

B: 指定席と自由席とどちらになさいますか。

A: 自由席でいいです。

B: では、5,800円です。

## 03 タクシー

A: 市内のプリンスホテルまでお願いします。

B: かしこまりました。

A: ホテルまでだいたいどのぐらいかかりますか。

B: 道が込んでいなければ、30分ぐらいで着きますよ。

A: そうですか。いくらぐらいかかりますか。

B: そうですね、4,000円以内でしょう。

## 句型

疑問詞＋ばいいですか ❶

例 どこからバスに乗りますか

➡ どこからバスに乗ればいいですか。

1 切符はどうやって買いますか

2 どこで乗り換えますか

3 いつ運賃を払いますか

4 市立図書館はどの駅で降りますか

～にします ❷

例 それ ➡ それにします。

　　タクシーで行きます ➡ タクシーで行くことにします。

1 10時発の電車

2 1日乗車券を買います

3 その便

4 終電で帰ります

❶ [ N / Na なら（ば）いい ][ A - ければいい ][ V - ばいい ]：想知道該用什麼方法或手段比較好時，用來徵求意見。

❷ [ Nにします ][ Vことにします ]：表示針對未來行為的決定或決意。

# Unit 21 練習問題　解答見 P. 267

**1** 音声を聞いて、情報をまとめなさい。🎧186

1) ここから東京駅まで（　　　）で（　　　）分ぐらいかかります。運賃は（　　　）円ぐらいです。
2) 大和大学行きのバスは（　　　）番です。
（　　　）からバスに乗ることができます。

**2** （　）に最も合う単語を□から選びなさい。

> ホーム　最寄　路線図　乗り間違え　乗り換え

1) すみません、（　　　）ました。
2) ここは中央駅行きの（　　　）ですか。
3) （　　　）のバス停はどこですか。
4) （　　　）が必要ですか。
5) （　　　）を１枚ください。

**3** シチュエーションに合わせて文を作りなさい。

1) 向公車司機詢問什麼時候要付車錢。
➡ _____

2) 向站務員詢問得在哪裡買一日乘車券。
➡ _____

3) 向站務員詢問特快車票是否有學生折扣。
➡ _____

4) 買新幹線車票時，向站務員詢問最早發車時間是幾點。
➡ _____

# UNIT 22

## 車の運転・トラブル・ガソリンスタンド 開車・故障・加油站

### キーワード 🎧187

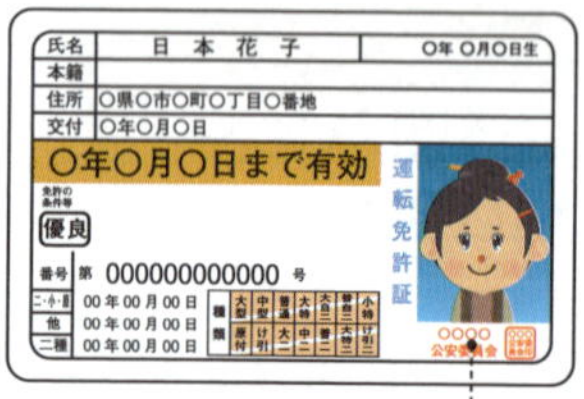

- 運転免許証 駕照
- 国際ライセンス 國際駕照
- 渋滞 塞車
- ラッシュアワー 尖峰時段
- マニュアル（車）手排車
- オートマ（車）自排車
- 駐車場 停車場
- 駐車スペース 停車位
- 道路・道 馬路／道路
- 車道 車道
- 高速道路 高速公路
- バイパス 替代道路
- 制限速度 速限
- 標識 標誌
- トラック 卡車
- 乗用車 轎車
- レンタカー 租車
- 乗り捨て 乙地還車

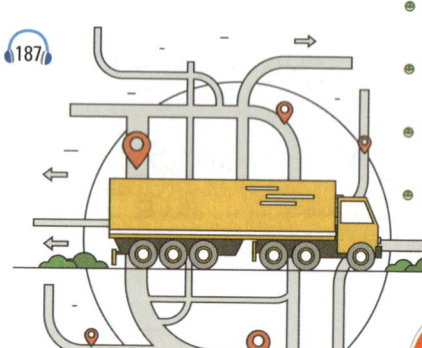

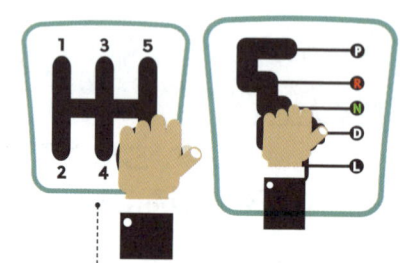

## キーセンテンス 🎧188

### 塞車

1. 今日は道が込んで／空いていますね。　今天一路都好塞／順暢。

2. 高速道路が渋滞しているから、ちょっと遅れるかもしれません。　高速公路現在塞車，所以我可能會晚一點到。

3. わぁ、渋滞だ。ついてないなぁ…。　哇，塞車了！真倒楣……。

### 單向通車

4. この道は一方通行ですよ。　這條路現在單向通車。

5. ユーターンしないといけません。　得迴轉。

### 車速

6. スピード違反で捕まったことがありますか。
   你曾經因為違規超速被抓到嗎？

7. ちょっとスピードを落としたほうがいいですよ。
   稍微開慢一點比較好喔。

8. この道の制限速度は 60 キロです。　這個路段速限是 60 公里。

UNIT 22　車の運転・トラブル・ガソリンスタンド　開車・故障・加油站

175

### 停車 🎧189

**9** ここに車を止めましょう。　就把車停在這裡吧！

**10** この近くで駐車場を探しましょう。
在這附近找看看有沒有停車場吧！

### 走錯路、攔檢

**11** Ⓐ 道を間違っていませんか。　你沒有走錯路嗎？

　　Ⓑ でも、カーナビのとおりに運転していますよ。
　　但是，我都照著導航的指示在開啊。

**12** その交差点でよく警察が検問しています。
那個十字路口經常會有警察攔檢。

### 汽車的各種狀況

**13** エンストしました。　引擎熄火了。

**14** ブレーキがかかりません。　煞車失靈。

**15** タイヤに空気を入れたいんですが。　我想替我的輪胎打氣。

**16** エンジンの調子が悪いんです。　引擎的狀況好像不太好。

**17** バッテリーが上がってしまいました。　（車子電瓶）電放光了。

**18** ウインカーがつきません。　方向燈不亮。

## 修理、拖吊、車檢

19 エンジンがかからないんですが、修理にきてもらえませんか。
我的車引擎發不動了，可以請你過來修理嗎？

20 ヘッドライトをチェックしてもらえませんか。
可以請你幫我檢查一下大燈嗎？

21 タイヤがパンクしたんですが、牽引してもらえませんか。
我的車胎爆了，可以請你來拖吊嗎？

22 車検に出したいんですが。　我想要做車檢。

## 加油站

23 ガス欠です。　沒油了。

24 ガソリンがなくなりそうです。　汽油好像快沒了。

25 近くにガソリンスタンドがありますか。　附近有加油站嗎？

26 レギュラー満タンで。　一般汽油加滿。

27 レギュラーを 2,000 円分入れてください。
請幫我加一般汽油 2,000 圓。

28 Ⓐ 車内のごみ、お捨てしましょうか。
我幫你把車上的垃圾拿去丟吧？

　　Ⓑ お願いします。　麻煩你了。

UNIT 22
車の運転・トラブル・ガソリンスタンド
開車・故障・加油站

## 01 渋滞

**A:** わぁ、渋滞だ。ついてないなぁ…。

**B:** 本当だ。今帰宅ラッシュの時間ですからねぇ…。少し遠回りですけど、ここで右折したほうが早いんじゃないですか。

**A:** そうかもしれませんね。そうしましょう。

### コラム：道路標誌

- 駐車可　可停車　P
- 車両進入禁止　禁止車輛進入
- 指定方向外進行禁止　除指定方向外其他禁止通行
- 最高速度　最高限速　50
- 最低速度　最低限速　30
- 徐行　慢行
- 一時停止　停車再開
- 歩行者専用　行人専用道

## 02 ガソリンを入れる 🎧192

UNIT 22 車の運転・トラブル・ガソリンスタンド
開車・故障・加油站

**A**: レギュラー満タンで。

**B**: かしこまりました。お会計は現金とカードとどちらになさいますか。

**A**: 現金でお願いします。

**B**: かしこまりました。車内のごみ、お捨てしましょうか。

**A**: お願いします。

**B**: お待たせいたしました。4,200円でございます。

**A**: はい。

**B**: ちょうどお預かりします。
レシートのお返しです。
ありがとうございました。

## 03 修理工場で

**A**: エンジン❶の調子が悪いんですが、ちょっと見てもらえますか。

**B**: はい。どんな症状がありますか。

**A**: 運転中変な音がするんです。

**B**: そうですか。いつ頃からですか。

**A**: 2、3日前からです。

**B**: そうですか。では、ボンネットを開けて、見てみましょう。

---

❶ 車的其他各部位名稱，請參照 P. 218。

## 句型

### ～ んじゃないですか ❶

例 ここで右折したほうが早いです
→ ここで右折したほうが早いんじゃないですか。

1 あの道は込んでいます
2 あの道は今工事中です
3 この道は違います

### ～ がします ❷

例 変な音
→ 変な音がします。

1 何かが燃えているにおい
2 空気が抜ける音
3 ガソリンのにおい
4 動物の鳴き声

---

**UNIT 22** 車の運転・トラブル・ガソリンスタンド　開車・故障・加油站

❶ [ N / Na　なんじゃないですか ][ A / V　んじゃないですか ]：用「斷定できないが、恐らく～だ」來表示說話者的判斷。較為正式用法為「～のではありませんか」或「～のではないでしょうか」。

❷ [ Nがする ]：接「味道、香味、氣味、聲音」等名詞，來表示其感覺或知覺。

## Unit 22 練習問題　解答見P.267

**1 音声を聞いて、（　）に単語を入れなさい。** 🎧196

1) エンジンから（　　　　）がします。

2) 車内の（　　　）を（　　　）ましょうか。

3) ちょっと（　　　　）を落としたほうがいいですよ。

**2 音声を聞いて、正しければ○、間違っていれば×を入れなさい。** 🎧197

1) (　　　) 2) (　　　) 3) (　　　) 4) (　　　)

**3 正しい順番に並びかえなさい。**

1) 空気が／します／が／音／抜ける／タイヤから

　➡ _____

2) 込んで／が／います／道／今日は

　➡ _____

3) この道／です／の／６０キロ／は／制限速度

　➡ _____

**4 例のように文を作りなさい。**

例) ガソリンを入れたほうがいいです

　➡ ガソリンを入れたほうがいいんじゃないですか。

1) 故障しています

　➡ _____

2) 修理に出したほうがいいです

　➡ _____

3) この道のほうが早いです

　➡ _____

# PART 3

## 職場會話

# UNIT 23 仕事を探す 找工作

## キーワード

- 正社員　正職人員
- 派遣社員　約聘人員
- パート／アルバイト　計時打工
- 履歴書　履歴
- 職務経歴書　工作簡歷
- 長所　優點
- 短所　缺點
- 面接　面試
- 筆記試験　筆試
- ポートフォリオ　人事資料
- 求人広告　徵人廣告
- 職業案内所　職業介紹所
- ハローワーク　求職中心 
- 給料　薪水
- 福利厚生　福利制度
- 募集する　招募
- 応募する　應徵

## キーセンテンス 🎧199

**求職**

1. 求職中です。　我正在找工作。

2. 今正社員／アルバイトの募集を行っていますか。
現在公司正在招募正職人員／計時人員嗎？

3. アルバイト募集の貼り紙／広告を見たんですが、面接していただけませんか。
我看到了貴公司招募計時人員的海報／廣告傳單，能給我一個機會參加面試嗎？

4. 私はIT企業で働きたいです。　我希望可以進入電腦公司工作。

5. インターネットで御社の求人広告を拝見しました。
我在網路上看到貴公司的徵人廣告。

6. この職務に興味があるんですが、現在ポストに空きがありますか。
我對這個職務很有興趣，請問現在有職缺嗎？

UNIT 23 仕事を探す 找工作

185

### 面試中的問題 🎧200

**7** 職務経験がありますか。　你有工作經驗嗎？

**8** Ⓐ どうしてこの仕事に興味を持ったんですか。
為什麼你會對這個工作有興趣呢？

　Ⓑ スキルアップしたいからです。
我希望可以藉此提升自我技能。

**9** Ⓐ どうして今回応募したんですか。
為什麼會想來應徵這份工作呢？

　Ⓑ 以前の仕事と業務内容が似ていたので、応募しました。
因為這份工作和我之前的工作領域及負責的項目相近，所以才會來應徵。

**10** あなたの長所／短所は何ですか。
你的優點／缺點是什麼呢？

Advantage — Disadvatage

**11** あなたの今後の目標は何ですか。
你未來的目標是什麼呢？

### 經歷介紹

**12** 私は以前NDDに勤めていました。
我以前在NDD工作。

**13** 去年台湾大学を卒業したばかりです。
去年剛從台大畢業。

## 向面試官提問 🎧201

**14** 試用期間後の給料はいくらですか。
試用期過後的薪水是多少呢？

**15** どのような福利厚生がありますか。
貴公司有什麼樣的福利嗎？

**16** 社会保険に加入することができますか。
會加入勞保嗎？

**17** Ⓐ こちらからは以上ですが、何か質問がありますか。
我這邊（面試）差不多到這裡結束，你有什麼問題想問嗎？

Ⓑ 有給／残業についてお尋ねしたいんですが。
我想問關於特休／加班的規定。

## 應徵結果通知

**18** 採用の場合はこちらからご連絡します。
確定要錄用的話，我們會主動聯繫。

**19** すみませんが、このポストはもう他の人を採用してしまいました。
不好意思，這個職缺已經找到人了。

UNIT 23 仕事を探す 找工作

# 01 職業案内所で仕事を探す

A: どのような仕事を探していますか。

B: アパレル販売員❶の仕事を探しています。

A: 経験はありますか。

B: 日本での経験はありませんが、台湾で販売員として3年働いていました。

A: そうですか。何件か販売員を募集している店舗がありますので、ご紹介します。

B: はい、お願いします。

---

❶ 販売員（銷售員）；銀行員（銀行行員）；公務員（公務員）；教師（老師）；エンジニア（工程師）；営業（營業員）；事務員（內部行政人員）；経理（會計）；調理師（廚師）；医者（醫生）；＊看護師（護士）

## 会話 02 面接

A: 本日はお忙しい中、ありがとうございます。江と申します。

B: どうぞこちらへおかけください。

A: 失礼します。

　………席につく………

A: こちらは履歴書と職務経歴書です。

B: はい。では拝見します。どうして今回応募したんですか。

A: 以前の仕事と業務内容が似ていたので、応募しました。

B: そうですか。採用の場合、いつから働くことができますか。

A：いつからでも大丈夫です。

…………面接終了…………

B：では、採用の場合はこちらからご連絡します。❶

A：わかりました。本日はどうもありがとうございました。

B：こちらこそ、ありがとうございました。

❶ 敬語相關知識，請參照 P. 221。

## 03 バイト探し

**A:** すみません。入り口にあるアルバイト募集❶の貼り紙を見たんですが、面接していただけませんか。

**B:** 日勤希望ですか。夜勤希望ですか。

**A:** 日勤希望です。

**B:** 土日も入れますか。

**A:** はい、入れます。

**B:** じゃ、店長が面接しますので、明日の6時に履歴書を持ってきてください。

**A:** わかりました。ありがとうございます。

UNIT 23 仕事を探す 找工作

❶ 其他兼差相關用語，請參照 P. 218。

## 句型

> ～　　として❶

例　台湾で販売員／

　　3年働いていました

➡　台湾で販売員として3年働いていました。

1　エンジニア／

　　NDIに勤務しています

2　助手／

　　台湾大学で働いていました

3　交換留学生／

　　1年間勉強しました

4　ウエイトレス／

　　レストランでアルバイトしています

❶　[ Nとして ]：用以表示資格、立場、種類或名目。

# Unit 23 練習問題　解答見P. 268

**1** 音声を聞いて、（　）に単語を入れなさい。🎧206

1) 台湾で販売員（　　　）3年（　　　）いました。
2) （　　　）の（　　　）を行っていますか。
3) どうしてこの仕事に（　　　）を（　　　）んですか。

**2** 音声を聞いて、正しければ〇、間違っていれば×を入れなさい。🎧207

1)（　　）2)（　　）3)（　　）4)（　　）

**3** （　　）に最も合う単語を□から選びなさい。

　　　企業　応募　ポスト　面接　経験

1) 私はIT（　　　）で働きたいです。
2) （　　　）していただけませんか。
3) どうして今回（　　　）したんですか。
4) 日本での（　　　）はありません。
5) 現在（　　　）に空きがありますか。

**4** 次の文を中国語に訳しなさい。

1) アルバイト募集の広告を見たんですが、面接していただけませんか。
　→ _____

2) 採用の場合、いつから働くことができますか。
　→ _____

3) このポストはもう他の人を採用してしまいました。
　→ _____

# UNIT 24

## 会社を休む・遅刻・シフト
請假・遲到・排班

### キーワード

- 出勤する 出勤
- 出社する 上班  
- 会社を休む 休假
- 休みを取る 向公司請假
- 勤務時間 上班時間
- 休憩時間 休息時間  
- 病欠 病假
- 有給 特休／年假
- 休暇届 請假單  
- 休日出勤 假日出勤
- 出張 出差 
- 遅刻する 遲到
- 退社する 下班
- 早退する 早退
- 遅れる 晚到  
- シフト 排班
- 休暇／休日 假日

## キーセンテンス 🎧209

### 快要遲到的時候

1. 遅れてすみません。電車に乗り遅れました。
   對不起我遲到了。因為錯過了電車。

2. 申し訳ありません。遅くなりました。　真不好意思，我晚到了。

3. 体調が悪いので、病院へ行ってから出社してもよろしいでしょうか。　我身體不太舒服，可以先去醫院一趟之後再去公司上班嗎？

4. 人身事故で電車が遅れているので、20分ぐらい遅刻しそうです。　電車發生人身事故而誤點了，我可能會晚20分鐘左右到公司。

5. 遅刻すると部長に伝えていただけないでしょうか。
   你可以幫我跟經理說一聲我會遲到嗎？

### 請假

6. 3月3日、有給を取らせていただけないでしょうか。
   我3月3日可以請特休嗎？

7. 10月16日、半休を取ってもよろしいでしょうか。
   我10月16日可以請假半天嗎？

8. 昨日の晩から熱があるので、今日休ませていただけないでしょうか。　我從昨天晚上就開始發燒了，今天想要請假一天，可以嗎？

---

UNIT 24

会社を休む・遅刻・シフト

請假・遲到・排班

## 排班 🎧210

**9** 来月のシフトはもう決まりましたか。
下個月的班表已經決定好了嗎？

**10** 土曜の朝番と昼番をかわってもらえませんか。
禮拜六的上午班跟下午班可以互調嗎？

**11** 来週の金曜日は用事があるので、シフトを入れないでもらえませんか。
下禮拜五我有要事得處理，所以可以不要排我上班嗎？

**12** 来月末試験があるので、一週間シフトを少なめにしてもらえませんか。
我下個月底要考試了，所以那一個禮拜可以幫我少排班嗎？

## 01 遅れる時の電話

**A**: はい、丸山商事の渡辺です。

**B**: 渡辺さん、おはようございます。李です。

**A**: ああ、李さん、どうしたんですか。

**B**: 実は昨日の晩から喉が痛くて…。
病院へ行ってから出社してもよろしいでしょうか。

**A**: ええ、もちろんいいですよ。

**B**: すみません。10時までには出社します。

**A**: わかりました。じゃ、また後で。

**B**: はい。では、失礼します。

---

UNIT 24

会社を休む・遅刻・シフト

請假・遅到・排班

## 02 有給を申請する

A: 課長、今ちょっとよろしいでしょうか。

B: はい。何ですか。

A: 実は国から母が訪ねてくることになって…

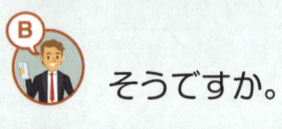

B: そうですか。

A: それで、3月3日、有給を取らせていただけないでしょうか。

B: ええ、いいですよ。

A: どうもありがとうございます。

## 03 シフト

A: お疲れ様です。

B: ああ、王さん、お疲れ様。

A: 店長、来月のシフトはもう決まりましたか。

B: いや、まだだよ。
明後日までには決まる予定だけど、どうしたの。

A: いいえ、何でもありません。
わかりました。じゃ、お先に失礼します。

B: うん、じゃ、また明日。

UNIT 24

会社を休む・遅刻・シフト

請假・遲到・排班

## 句型

～ていただけないでしょうか ❶

例1 遅刻すると部長に伝えます
→ 遅刻すると部長に伝えていただけないでしょうか。

例2 用事があるので、有給を取ります
→ 用事があるので、有給を取らせていただけないでしょうか。

1 来週のシフトを教えます

2 風邪気味なので、病院へ行きます

3 興味があるので、その作業を担当します

4 まだ報告書が完成していないので、もう少し待ちます

5 体調が優れないので、早退します

6 次のミーティングに部長も参加します

---

❶ [ V-ていただけないでしょうか ]：用在要拜託對方做某些事情時，禮貌性的用法。

[ V-させていただけないでしょうか ]：徵求對方同意自己的行為時使用，禮貌性的用法。

# Unit 24 練習問題　解答見 P. 269

**1** 音声を聞いて、（　）に単語を入れなさい。🎧215

1) （　　　　　）を取ってもよろしいでしょうか。

2) 電車が（　　　　　　）ので、20分ぐらい（　　　　　　）です。

**2** 音声を聞いて、正しければ○、間違っていれば×を入れなさい。🎧216

1) （　　）　2) （　　）　3) （　　）　4) （　　）

**3** 例のように文を作りなさい。

例 1) 明日の飲み会に課長も参加します
　→ 明日の飲み会に課長も参加していただけないでしょうか。

2) 部長の資料を読みます
　→ 部長の資料を読ませていただけないでしょうか。

1) 今後の経験のために、この企画を担当します

→ _____

2) この商品について詳しく教えます

→ _____

3) 明日までに御社のサンプルを送ります

→ _____

4) 熱があるので、休みます

→ _____

**4** 次の中国語を日本語に訳しなさい。

1) 對不起我遲到了。因為錯過了電車。

→ _____

2) 可以先去醫院一趟之後再去公司上班嗎？

→ _____

# UNIT 25 電話対応・来客対応
電話應對・接待客人

## キーワード 🎧217

- 電話をかける　打電話
- 電話が鳴る　電話響
- 電話を取る／電話に出る　接電話
- 電話を取り次ぐ　轉接電話
- ～に電話を代わる　將電話轉給～
- 約束　約定
- アポイント　約定會面
- 応接室　會客室
- 待合室　等待室
- 来客　客人
- 伝言　留言
- 用件　重要事項
- 対応する　應對
- 内線番号　分機號碼
- 留守番電話　答錄機留言
- お茶を出す　奉茶招待
- 話し中　電話中
- 保留　通話保留
- 席を外す　離開座位
- 外出中　外出中

## キーセンテンス 🎧218

UNIT 25 電話対応・来客対応　電話應對・接待客人

### 迎客：接待客人

1. 本日(ほんじつ)は佐藤(さとう)とお約束(やくそく)でしょうか。　您今天是與佐藤有約對嗎？

2. 失礼(しつれい)ですが、どのようなご用件(ようけん)でしょうか。
不好意思，請問您有什麼事嗎？

3. こちらで少々(しょうしょう)お待(ま)ちください。　請在這裡稍候一下。

4. 佐藤(さとう)は5分(ふん)ほどで参(まい)ります。　佐藤大約5分鐘左右會過來。

5. お待(ま)たせいたしました。　讓您久等了。

### 社內

6. 社長(しゃちょう)、山田様(やまださま)がお見(み)えになりました。
社長，山田先生來找您了。

7. 電話(でんわ)が鳴(な)ったら、代(か)わりに出(で)てくれますか。
我的電話如果響了，可以幫我接聽一下嗎？

### 招呼語

8. はい、佐藤(さとう)です。　您好，我是佐藤。

9. お電話(でんわ)ありがとうございます。こちらはＮＤＤでございます。
感謝您撥打電話過來，這裡是 NDD 公司。

**10** いつもお世話になっております。
   一直以來承蒙您的照顧。

**11** Ⓐ 山田課長はいらっしゃいますか。
   山田課長在嗎？

   Ⓑ 山田でございますね、少々お待ちください。
   您要找山田是嗎？請稍等一下。

### 同事不在座位上 🎧219

**12** Ⓐ 申し訳ございませんが、林は外出中／会議中でございます。
   不好意思，林現在外出／正在開會。

   Ⓑ では、戻られたらお電話くださるようにお伝えください。
   那麼，等他回來之後，麻煩你請他撥個電話給我。

**13** Ⓐ すみませんが、後藤はただ今席を外しております。
   不好意思，後藤現在不在位置上。

   Ⓑ そうですか、ではまた後でかけなおします。
   這樣啊，那麼我晚一點再打來。

**14** 後程こちらからご連絡させていただきます。
   稍後我們會再與您聯繫。

**15** よろしければ、ご用件を承りますが。
   方便的話，您可以將要事告訴我。

## 01 来客対応

A: いらっしゃいませ。

B: わたくし、NDDの山田と申します。
営業の林さんをお願いできますか。
10時にお会いする約束になっております。

A: 山田様ですね、お待ちしておりました。
こちらにおかけになって、少々お待ちください。

B: はい。

………お茶を出す………

A: お茶をお持ちしました。
林はまもなく参ります。

## 会話 02 電話を取り次ぐ 🎧221

**A:** お電話ありがとうございます。こちらはＮＤＤでございます。

**B:** 丸山商事営業２課の渡辺です。

**A:** いつもお世話になっております。

**B:** お世話になっております。山田課長はいらっしゃいますか。

**A:** 山田でございますね、少々お待ちください。

---

❶ 如果電話聽不清楚可說：
申し訳ございません。お電話が少々遠いようですが…。（不好意思，電話聽不太清楚……。）

## 03 伝言を受ける

A: はい、株式会社アークでございます。

B: NDDの山田ですが、林さんはいらっしゃいますか。

A: 申し訳ございませんが、林は会議中でございます。

B: あ、そうですか…。

A: よろしければ、ご用件を承りますが。

B: では、明日の打ち合わせは4時からだとお伝えください。

A: かしこまりました。では林に伝えておきます。

B: よろしくお願いします。

A: では失礼いたします。

## 句型

**お ～ ください** ❶ 🎧223

例 こちらで待つ ➡ こちらでお待ちください。

1 こちらにかける

2 こちらのメモを使う

3 この件について佐藤さんに伝える

4 こちらにお名前を書く

**～ とお伝えください** ❷ 🎧224

例 明日の打ち合わせは4時からです

➡ 明日の打ち合わせは4時からだとお伝えください。

1 会議は4時までです

2 資料は今朝お送りしました

3 新作の完成予定日が変更になりました

4 締め切りは明日です

---

❶ ［おR-ください］［ごNください］：表示請託，「～てください」的尊敬用法。

❷ ［N／Na だと］［A／V と］：表示引用。

# Unit 25 練習問題　解答見 P. 270

**1** 音声を聞いて、ⓐ，ⓑ正しいほうを選びなさい。また、（　）に単語を入れなさい。🎧225

1) 山田さんは（ⓐ 陳さん　ⓑ 木村さん）に用事がある。
　（　　　　　　　　）時に会う約束をしている。

2) 後藤部長は（ⓐ 今どこかへ行っている　ⓑ 今日休んでいる）
山田さんは後で（　　　　　　　）。

3) 林さんは今（ⓐ 外出中　ⓑ 会議中）なので、電話に出ることができない。
陳さんは後で林さんに、（　　　　　　　　　　）と伝える。

4) 陳さんは今（ⓐ 電話中だ　ⓑ 席を外している）
後で（　　　　）さんが（　　　　）さんに電話をかける。

**2** ⓐ，ⓑ正しいほうを選びなさい。

1) 10時にお会いすることになって（ⓐ ございます　ⓑ おります）。

2) 佐藤は5分ほどで（ⓐ お待ちします　ⓑ 参ります）。

3) よろしければ、（ⓐ ご用件　ⓑ 資料）を承りますが。

**3** 次の中国語を日本語に訳しなさい。

1) 請向佐藤小姐轉達，會議一點開始。
➡ ＿＿＿＿＿＿＿＿＿＿＿＿＿＿＿＿＿＿＿

2) 請向課長轉達，出差改成禮拜四。
➡ ＿＿＿＿＿＿＿＿＿＿＿＿＿＿＿＿＿＿＿

3) 請向林小姐轉達，昨天已將樣本寄出。
➡ ＿＿＿＿＿＿＿＿＿＿＿＿＿＿＿＿＿＿＿

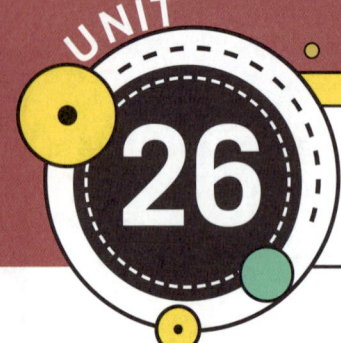

# UNIT 26 お礼・お詫びの表現
表達感謝・歉意

## キーワード 🎧226

- 謝る　道歉
- お詫びする　表示歉意
- 贈り物　禮物
- お祝い　賀禮
- 迷惑　造成麻煩
- トラブル　麻煩
- 気をつける　注意
- 注意する　小心謹慎；提醒；警告
- ミス　錯誤
- ミスをする　犯錯

- お礼を言う　道謝
- 感謝する　感謝
- 気を使う　費心
- 心配する　擔心

- 指摘する　指導
- アドバイスする　建議
- お詫びの菓子折り　表示歉意的糖果禮品
- 謝罪の手紙　道歉函

## キーセンテンス 🎧227

**UNIT 26 お礼・お詫びの表現** 表達感謝・歉意

### 道歉

1. 本当に申し訳ありませんでした。　真的很抱歉。

2. ご迷惑をおかけしてしまい、申し訳ございません。
   造成您的困擾，真的非常抱歉。

3. 今後十分に注意いたします。　今後我會更加小心謹慎的。

4. 以後気をつけます。　今後我會更加留意的。

5. ご心配をおかけして、すみませんでした。
   讓您擔心了，真不好意思。

6. 今後同じ間違いがないように注意します。
   今後我會小心注意，避免再犯同樣的錯誤。

### 致謝

7. ご協力／ご指摘ありがとうございました。　謝謝您的幫忙／指導。

8. お心遣いありがとうございます。　謝謝您的關心。

9. この度はご面倒をおかけしました。　這次受您照顧了。

10. 感謝しております。　真心感謝。

**11** 新しい企画／先週の会議の件、ありがとうございました。
關於新的企劃案／上禮拜的會議，真的很感謝您。

**12** おかげさまで、無事報告書を提出することができました。
托您的福，我順利地將報告提交上去了。

### 職場基礎用語

**13** お疲れ様でした。　您辛苦了。

**14** お先に失礼します。　我先下班了。

**15** いつもお世話になっております。
一直以來承蒙您的照顧。

**16** かしこまりました。　了解了。

**17** 承知いたしました。　遵命。

**18** 恐れ入ります。　不好意思。

**19** せっかくですが、遠慮させていただきます。
謝謝您這麼費心，但我真的不能接受。

**20** 何とかお願いできないでしょうか。
可以再請您多多幫忙、想想辦法嗎？

## 会話 01 お礼

A: 佐藤さん、先日は色々教えていただいて、ありがとうございました。

B: いえいえ、気にしないでください。

A: これ、大したものじゃないんですけど、よかったら食べてください。

B: あ、どうも、すみません。
そんな気を使ってもらわなくてもよかったのに。

A: いえ、ほんの気持ちだけですから。

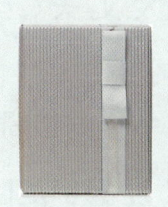

## 02 ミスを謝る 🎧229

A: 陳さん、ちょっといい？

B: はい、何でしょうか。

A: この報告書のここのデータ、ちょっと違うと思うんだけど、もう一度確認してくれる？

B: え…はい。すぐ確認します。

………確認後、ミスに気がつく………

B: あの…わたしの入力ミスでした。申し訳ありませんでした。

A: いえ、大丈夫ですよ。これから気をつけてくださいね。

B: はい。今後同じ間違いがないように注意いたします。

## 句型

> ～ いただいて、ありがとうございました ❶

例 教えます ➡ 教えていただいて、ありがとうございました。

1. 連れて行きます
2. 案内します
3. アドバイスします
4. 送ります

> ～ ように ～ ❷

例1 皆様のお役に立てます／頑張ります
➡ 皆様のお役に立てるように頑張ります。

例2 今後同じ間違いがありません／注意いたします
➡ 今後同じ間違いがないように注意いたします。

1. 新しい企画がうまくいきます／準備します
2. 忘れません／メモしておきます
3. トラブルが発生しません／事前にチェックしておきます
4. 明日までに提出できます／残業します

UNIT 26 お礼・お詫びの表現 表達感謝・歉意

---

❶ [ V - ていただいて、ありがとうございました ]：在受到恩惠或是訴説感謝時使用。

❷ [ V - る / V - ない　ように ]：前述句是目的或是目標，後述句則是為了達成目標時所做的意志動作。

## Unit 26 練習問題　解答見P. 271

**1** 音声を聞いて、（　）に単語を入れなさい。🎧232

1) ご（　　　　）をおかけして、すみませんでした。
2) 今後（　　　　）に（　　　　）いたします。
3) （　　　　）しております。

**2** 音声を聞いて、正しければ○、間違っていれば×を入れなさい。🎧233

1) （　　） 2) （　　　） 3) （　　　）

**3** 次の日本語を中国語に訳しなさい。

1) いつもお世話になっております。
2) 遠慮させていただきます。
3) ほんの気持ちだけです。
4) ご迷惑をおかけしました。

**4** 正しい順番に並びかえなさい。

1) 同じ／今後／ように／ない／注意します／間違いが

　➡ _____

2) できました／こと／が／報告書を／提出する／おかげさまで

　➡ _____

**5** お礼を言う文を作りなさい。

1) 得到許多的幫助，向對方致謝。

　➡ _____

2) 得到建言，向對方致謝。

　➡ _____

# 附錄 1 補充單字

## 美髪用語 🎧234

1. カット／髪を切る　剪髮
2. シャンプー　洗髮精
3. 髪を整える　整理頭髮
4. トリートメント　護髮
5. レイヤー　剪層次
6. 髪をすく　打薄
7. パーマをかける　燙頭髮
8. パーマ　燙捲
9. ストレートパーマ
   燙直（將燙捲的頭髮再燙回直髮）
10. 縮毛矯正
    離子燙（自然捲燙直）
11. ボディパーマ　彈性燙
12. 毛先パーマ　髮尾燙
13. カラーリング　染髮
14. 前髪　瀏海
15. 後ろ髪　後面的頭髮
16. 毛先　髮尾
17. くせ毛／天然パーマ　自然捲
18. ショートヘア　短髮
19. ロングヘア　長髮
20. セミロング　半長髮
21. ウェーブ　波浪捲
22. 直毛　直髮
23. ヘアスタイル／髪型　髮型
24. ボブ　肩上短髮／鮑伯頭
25. 髪を伸ばす　留髮
26. ベリーショート　超短髮
27. ショート　齊耳短髮
28. ミディアム　及肩短髮
29. セミロング　過肩中長髮
30. ロング　長髮
31. おかっぱ　娃娃頭
32. ツーブロック　龐克頭
33. ぼうず　平頭
34. スキンヘッド　光頭
35. 金髪　金髮
36. 茶髪　褐色髮
37. 黒髪　黑髮
38. ストレート　直髮

## 美髪用品 🎧235

1. シャンプー　洗髮精
2. リンス　潤髮乳
3. コンディショナー
   護髮乳
4. トリートメント
   高級護髮素
5. タオル　毛巾

6 はさみ　剪刀
7 ヘアアイロン　捲髪器
8 ヘアブラシ　大板梳
9 くし　扁平梳
10 バリカン　電動剪髪器
11 ヘアスプレー　美髪噴霧
12 ヘアクリーム　髪霜
13 ワックス　髪蠟
14 ジェル　髪膠
15 シャンプー台（だい）　洗髪椅
16 洗面台（せんめんだい）　洗臉台
17 ドライヤー　吹風機
18 ヘアピン　髪夾
19 カラー　髪色

## 236　汽車的各部位名稱

1 フロントガラス　前擋風玻璃
2 ワイパー　雨刷
3 ボンネット　引擎蓋
4 ナンバープレート　車牌
5 サイドミラー　後照鏡
6 タイヤ　輪胎
7 ヘッドライト　大燈
8 トランク　後車廂
9 テールランプ　尾燈
10 マフラー　消音器
11 ウインカーランプ　方向燈
12 ハンドル　方向盤

13 サイドブレーキ　手煞車
14 メーター　儀錶板
15 クラクション　喇叭
16 シフトレバー　排檔桿
17 エンジン　引擎
18 バッテリー　電池
19 ブースターケーブル
　　救車線／跨接線

## 237　與兼差工作相關的單字

1 接客（せっきゃく）　接待客人
2 時給（じきゅう）　時薪
3 日給（にっきゅう）　日薪
4 シフト制（せい）　排班制
5 コンビニ　便利商店
6 レストラン　餐廳
7 ホールスタッフ　餐廳外場服務生
8 キッチンスタッフ　餐廳內場人員
9 工場（こうじょう）　工廠
10 仕分（しわ）け　分貨
11 検品（けんぴん）　品管
12 ドラッグストア　藥妝店
13 通訳（つうやく）　翻譯
14 リゾートバイト　打工換宿

## 附錄1 補充單字

### 🎧238 台灣的地名

1 たいぺい／たいほく　台北
2 しんほくし　新北市
3 ぎらん　宜蘭
4 キールン　基隆
5 とうえん　桃園
6 しんちく　新竹
7 びょうりつ　苗栗
8 たいちゅう　台中
9 なんとう　南投
10 しょうか　彰化
11 うんりん　雲林
12 かぎ　嘉義
13 たいなん　台南
14 たかお　高雄
15 へいとう　屏東
16 かれん　花蓮
17 たいとう　台東
18 ほうこ　澎湖
19 きんもん　金門
20 ばそ　馬祖

＊日文中習慣將基隆以片假名表記

### 🎧239 其他台灣美食

1 牛肉麺（ぎゅうにくめん）　牛肉麵
2 ルーローファン　滷肉飯
3 胡椒餅（こしょうもち）　胡椒餅
4 牡蠣（かき）オムレツ　蚵仔煎
5 水餃子（すいぎょうざ）　水餃
6 台湾（たいわん）ソーセージ　（台灣）香腸
7 台湾（たいわん）フライドチキン　鹹酥雞
8 ジャンボフライドチキン　超級大雞排
9 ひなべ／ホーゴー　中式火鍋

### 🎧240 找房子時的常見單字

1 家賃（やちん）　租金
2 敷金（しききん）　押金
3 礼金（れいきん）　禮金
4 光熱費（こうねつひ）　電費
5 水道代（すいどうだい）　水費
6 管理費（かんりひ）　管理費
7 契約書（けいやくしょ）　租賃契約
8 保証人（ほしょうにん）　保證人
9 ウィークリー／マンスリーマンション　週租／月租華廈
10 シェアハウス　公寓分租
11 ルームメイト　室友
12 ワンルーム　套房
13 ユニットバス　整體浴室
14 ２ＬＤＫ（エルディーケー）（２＝２部屋（へや）、Ｌ＝リビング、Ｄ＝ダイニング、Ｋ＝キッチン）兩房一廳（２＝２間房，Ｌ＝客廳，Ｄ＝餐廳，Ｋ＝廚房）
15 ペット可（か）　可以養寵物

## 家事相關的單字

1 洗濯(せんたく)する　洗衣服
2 洗濯物(せんたくもの)　清洗的衣物
3 アイロンをかける　熨衣服
4 洗濯物(せんたくもの)／服(ふく)を干(ほ)す

　曬清洗的衣物／衣服
5 洗濯物(せんたくもの)／服(ふく)をたたむ

　折清洗的衣物／衣服
6 ごみを捨(す)てる　丟垃圾
7 ごみを出(だ)す　倒垃圾
8 ごみ収集車(しゅうしゅうしゃ)　垃圾車
9 床(ゆか)を掃(は)く　掃地
10 床(ゆか)を拭(ふ)く　拖地
11 掃除機(そうじき)をかける　用吸塵器打掃
12 皿(さら)を洗(あら)う　洗碗
13 ごみの分別(ぶんべつ)　垃圾分類
14 燃(も)えるごみ　可燃垃圾
15 カン・ビン・ペットボトル

　鐵鋁罐・玻璃瓶・寶特瓶

# 附錄 2　補充基本敬語

所謂的敬語可以分為「尊敬語」、「謙讓語」、「丁重語」、「丁寧語」、「美化語」等，分別在各種不同的情況下使用。

| | |
|---|---|
| 尊敬語 | ■ 使用在「與對方相關的動作、事物」<br>■ 抬高對方地位，表示對對方的敬意。<br><br>・〜れる／られる（読まれる、来られる…）<br>・お／ご〜になる（お休みになる、ご出席になる…）<br>・特別尊敬語（いらっしゃる、召し上がる…） |
| 謙讓語 | ■ 拉低自己立場，表示謙遜態度。<br>■ 使用在「與己方相關的動作、事物」<br><br>・お／ご〜する（お持ちする、ご説明する…）<br>・特別謙讓語（伺う、お目にかかる…） |
| 丁重語 | ■ 拉低自己立場，以表示對對方的敬意。<br>■ 只用在「不存在動作直接對象」的動作。<br>■ 被稱為「謙讓語Ⅱ」<br><br>・特別謙讓語（申す、参る…） |
| 丁寧語 | ■ 使用在「與兩方相關的動作、事物」<br>■ 彼此屬於平等立場，用委婉客氣的方式，讓對方感受到被尊重。<br><br>・語尾（です、ます、ございます…）<br>・還有「この人」說成「こちら」；「誰」說成「どなた」等等，均屬「丁寧語」。|

| 美化語 | ■ 並非是向某人表示敬意，而是遣詞用語顯示出有修養，將事物以美化方式表達。 |
|---|---|
| | ・字首加上「ご・お」（お弁当、お水…） |

上面提到的「尊敬語」、「謙譲語」、「丁寧語」可以利用下列五大方式去呈現。

| 1 加上接頭語、接尾語 | 在名詞前後加上固定的接頭語或接尾語<br>お仕事、貴社、ご家族、御社<br>山村様、社長殿、青木さん……。 |
|---|---|
| 2 特殊不規則型動詞 | 某小部分動詞有其相對的固定敬語動詞。<br>いる：いらっしゃる（尊敬語）；おる（謙譲語）<br>する：なさる（尊敬語）；いたす（謙譲語）<br>⋮ |
| 3 特定句型 | 除了上面特殊型的動詞之外，其他動詞套入特定的句型就形成敬語。<br>お（ご）動詞ます形＋になる（尊敬語）<br>お（ご）＋動詞ます形＋する（謙譲語）<br>⋮ |
| 4 句尾特定詞 | 主要用在「丁寧語」<br>〜です<br>〜ます<br>〜でございます |
| 5 輔助敬語用語 | 雖然本身不是敬語，但是利用「改為鄭重式用語」的方式呈現敬語的效果。<br>・すぐに ➡ ただいま<br>・きのう ➡ 昨日（きくじつ）<br>・ちょっと ➡ 少々（しょうしょう） |

基礎特殊不規則型動詞

| 原型 | 尊敬語 | 謙譲語 | 丁重語 |
|---|---|---|---|
| 言う | おっしゃる | 申し上げる | 申す |
| 行く／来る | いらっしゃる | 伺う | 参る |
| いる | いらっしゃる |  | おる |
| する | なさる | いたす | いたす |
| 食べる／飲む | 召し上がる | いただく | いただく |
| 見る | ご覧になる | 拝見する |  |
| 聞く |  | 伺う |  |
| 会う |  | お目にかかる |  |
| 知っている | ご存知だ | 存じ上げている | 存じている |
| あげる |  | 差し上げる |  |
| もらう |  | いただく |  |
| くれる | くださる |  |  |

## 附錄 3　會話中譯 & 句型答例

### Unit 1　自我介紹　P.8

**會話 1　自我介紹**

A：初次見面，我姓林。
B：敝姓山田，請您多多指教。
A：幸會幸會，也請您多多指教。
B：林先生，您是哪裡人呢？
A：我來自台灣的高雄。山田小姐呢？
B：我來自京都。

**會話 2　請叫我～**

A：那個，不好意思，請問是伊藤先生嗎？
B：是的，我就是，請問您是……
A：初次見面，我是山田先生的同班同學，我叫 Cindy　Liu。
B：咦……？不好意思，我沒聽清楚，可以再說一次您的名字嗎？
A：我是 Cindy　Liu，請叫我 Cindy 就可以了。
B：Cindy　Liu 小姐是嗎？請多多指教。
A：也請您多多指教。

**會話 3　朋友：介紹第三者**

A：山田小姐，這是我的朋友，陳先生。
B：山田小姐，初次見面，我姓陳，來自台灣。

C：陳先生您好，請多指教。
A：陳先生上個月才剛來到日本。
C：哇，這樣啊。已經習慣在日本的生活了嗎？
B：嗯，雖然還有很多不了解的地方，不過已經越來越習慣了。

### ～って

例) Cindy ／呼んでください。
→ Cindy って呼んでください。
1) アキ／呼ばれています
→ アキって呼ばれています。
2) 私の苗字は日本語ではリュウ／読みます
→ 私の苗字は日本語ではリュウって読みます。
3) 「さよなら」は中国語で「再見」／言います
→ 「さよなら」は中国語で「再見」って言います。

### ～たばかりです

例) 陳さんは先月日本に来ました。
→ 陳さんは先月日本に来たばかりです。
1) 私は先週大学を卒業しました
→ 私は先週大学を卒業したばかりです。
2) 李さんは日曜日に旅行から帰りました
→ 李さんは日曜日に旅行から帰ったばかりです。

3) 昨日東京に着きました
➡ 昨日東京に着いたばかりです。
4) ２か月前に日本語学校に入学しました
➡ ２か月前に日本語学校に入学したばかりです。

## Unit 2　性格相關　P.16

**會話 1　形容自己的朋友**

A：我可以邀請我的朋友林先生一起來參加這次的健行活動嗎？

B：嗯，可以啊。林先生是怎麼樣的人呢？

A：林先生來自台灣，今年 26 歲。身材很好，而且很時髦喔。

B：喔，這樣啊。

**會話 2　理想的類型**

A：佐佐木小姐，你喜歡什麼樣的男生呢？

B：關於這個問題啊，我喜歡的是個性認真，而且善於照顧人的男生。吳先生呢？你喜歡什麼樣的女生？

A：嗯嗯……我喜歡溫柔且坦率的女生。

B：這樣啊。

**會話 3　說明性格**

A：伊藤先生，你是什麼星座的呢？

B：雙魚座的。

A：是喔。聽說有很多雙魚座的人朋友滿天下。

B：唔，是喔。但我並沒有耶。

A：是喔。真叫人感到意外。

B：我的個性比較內向害羞，所以要花長一點的時間才能跟人交心。

A：我也是。我跟初次碰面的人聊天時，心情都會很緊張。

### （人）は～くて／で～です

例） 彼／やさしい／ユーモアがあります
➡ 彼はやさしくてユーモアがあります
1) 私の弟／大人しい／恥ずかしがり屋
➡ 私の弟は大人しくて恥ずかしがり屋です。
2) 林さん／明るい／人気者
➡ 林さんは明るくて人気者です。
3) 山本さん／２４歳／会社員
➡ 山本さんは２４歳で会社員です。
4) 台湾人／親切な／情熱的な
➡ 台湾人は親切で情熱的です。

### ～は～と言われています

例） いて座／活発な人が多い
➡ いて座は活発な人が多いと言われています。
1) 台湾人／情熱的です
➡ 台湾人は情熱的だと言われています。
2) Ａ型の人／几帳面です
➡ Ａ型の人は几帳面だと言われています。

3) かに座／家族を大切にする人が多いです
➡ かに座は家族を大切にする人が多いと言われています。

## Unit 3　關於興趣　P. 27

### 會話 1　你的興趣是什麼？

A：山田小姐的興趣是什麼呢？

B：我的興趣是游泳。李先生你的興趣是什麼呢？

A：我的興趣是閱讀小說。

B：喔？！你一個月會看幾本小說啊？

A：這個嘛，大約五本左右吧！

B：哇，好多喔。

### 會話 2　社群網路

A：佐藤先生，你有使用社群網路的習慣嗎？

B：我幾乎沒有在使用。平常我比較喜歡看書。陳小姐你呢？

A：我有用 Facebook 及 Twitter。我覺得挺有趣的。

B：這樣啊。是什麼地方讓你覺得有趣呢？

A：這個嘛，在 Facebook 上可以看到朋友上傳的照片，而 Twitter 我則是喜歡看一些名人的訊息。

B：唔……我想我還是多看看書本及報紙比較好。

### 趣味は～です

例 1) 料理　➡　趣味は料理です。
例 2) 小説を読みます
➡ 趣味は小説を読むことです。
1) 旅行　➡　趣味は旅行です。
2) 釣り　➡　趣味は釣りです。
3) スキューバーダイビング
➡ 趣味はスキューバーダイビングです。
4) アニメを見ます
➡ 趣味はアニメを見ることです。
5) おいしいものを食べます
➡ 趣味はおいしいものを食べることです。
6) 写真をとります
➡ 趣味は写真をとることです。

### ～のが

例) 有名人のツイートを見ます／好きです
➡ 有名人のツイートを見るのが好きです。
1) 色々な国を旅行します／好きです
➡ 色々な国を旅行するのが好きです。
2) 漫画を描きます／得意です
➡ 漫画を描くのが得意です。
3) 泳ぎます／下手です
➡ 泳ぐのが下手です。
4) 動物の世話をします／好きです
➡ 動物の世話をするのが好きです。

## Unit 4　天氣　P.34

**會話 1　好像快下雨了**

A：看起來好像快下雨了呢。

B：嗯，明明 10 分鐘前天氣還很好的……。

A：真是奇怪的天氣。

B：是啊，出門的時候把傘帶在身邊比較好喔。

**會話 2　天氣預報**

A：明天我們要去野餐，佐藤先生不一起來參加嗎？

B：我很想去，可是明天說不定會下雨耶。根據天氣預報，明天一整天都會下雨呢。

A：唔～，但是最近天氣都很好，而且天氣預報也有可能不準不是嗎？

B：那麼，我姑且帶著傘去吧！

### ～そうです

例 1）雨が降ります
➡　雨が降りそうです。

例 2）外は暑いです
➡　外は暑そうです。

1）雨がやみます
➡　雨がやみそうです。

2）桜が咲きます
➡　桜が咲きそうです。

3）明日は晴れます
➡　明日は晴れそうです。

4）今日も暑くなります
➡　今日も暑くなりそうです。

5）外は風が強いです
➡　外は風が強そうです。

6）あの部屋は寒いです
➡　あの部屋は寒そうです。

### ～かもしれません

例）台風が来ます
➡　台風が来るかもしれません。

1）佐藤さんは傘を持っていません
➡　佐藤さんは傘をもっていないかもしれません。

2）今晩は大雨です
➡　今晩は大雨かもしれません。

3）強風で飛行機が飛びません
➡　強風で飛行機が飛ばないかもしれません。

4）今年は雪が降りません
➡　今年は雪が降らないかもしれません。

## Unit 5　報紙・雜誌　P.41

**會話 1　報紙**

A：林先生每天都會看報紙嗎？

B：不會，我並不看報紙，但是每天早上我都會用手機瀏覽網路新聞。

A：是喔，你都看哪一個網站的新聞呢？

B：我會看雅虎新聞以及 CNN 新聞。

A：唔，那今天有什麼有趣的報導嗎？

B：這個嘛，雅虎新聞上有報導今天東京好像有一間新的博物館開幕了。

227

會話 2　雜誌

A：林先生會看日本的雜誌嗎？

B：嗯，我會定期訂閱日本的音樂雜誌，不過內容說起來有些艱澀。

A：但是，閱讀雜誌可以認得更多單字吧？

B：好像是這樣沒錯。山田小姐有定期訂閱什麼樣的雜誌嗎？

A：我是定期訂閱音樂雜誌網路版。比起印刷品，我覺得看網路版方便多了。

B：而且，說起來網路版也比較環保對吧？！
　　不過我還是比較喜歡捧著雜誌閱讀的感覺。

### ～によると、～そうです

例）ヤフーニュース／先日東京に新しい博物館ができました
➡ ヤフーニュースによると、先日東京に新しい博物館ができたそうです。

1) 天気予報／台風は今夜関西地方に上陸します
➡ 天気予報によると、台風は今夜関西地方に上陸するそうです。

2) 新聞／昨日大統領が演説を行いました
➡ 新聞によると、昨日大統領が演説を行ったそうです。

3) 雑誌の記事／あの歌手は来月新作を発表します
➡ 雑誌の記事によると、あの歌手は来月新作を発表するそうです。

4) 社長の話／新商品の売れ行きは良いです
➡ 社長の話によると、新商品の売れ行きは良いそうです。

## Unit 6　電視節目・電影　P. 48

### 會話 1　一起看電視

A：八點的時候第四台會播什麼節目呢？

B：我記得是猜謎節目。

A：是喔，要一起看嗎？

B：唔…但第四台幾乎都在播廣告啊。啊，第六台有旅行節目可以看。

A：是喔，那麼，我們就來看那台吧！

### 會話 2　要一起去看電影嗎？

A：今天晚上要不要一起去看電影？

B：好耶！要看哪一部呢？

A：看《你的名字》好不好？這部好像很有趣的樣子。

B：嗯，人氣好像也很高。那麼，我們就看那部吧！

A：那麼，我們約三點在電影院碰面好不好？

B：知道了。那，我會在售票口前等你喔。

### ～らしいです

例）この映画／おもしろいです
➡ この映画はおもしろいらしいです。

1) このドラマ／全米で大ヒットしています
➡ このドラマは全米で大ヒットしているらしいです。
2) 犯人／あの人です
➡ 犯人はあの人らしいです。
3) この番組／来週で終わります
➡ この番組は来週で終わるらしいです。
4) あのアニメ／つまらないです
➡ あのアニメはつまらないらしいです。
5) あの映画／明日公開です
➡ あの映画は明日公開らしいです。

## Unit 7　生活習慣・健康　P.55

**會話 1　飲食習慣**

A：木村小姐每天早上都會吃早餐嗎？

B：沒有，因為時間不夠，所以我都只喝咖啡而已。

A：哇！只喝咖啡嗎？為了你的健康著想，早餐還是要盡量吃點東西比較好喔。

B：你說的對。黃先生每天都會吃早餐嗎？

A：是的，我每天早上都會吃吐司或是水果。

**會話 2　睡眠不足**

A：渡邊小姐，你看起來好像很睏，不要緊吧？

B：嗯，我只是昨天晚上熬夜了而已。

A：這樣啊。渡邊小姐每天大約睡幾個鐘頭呢？

B：每天情況都不太一樣，平均大約落在 4.5 個小時吧！

A：哇！你睡得好少喔。每天要睡滿 6 個小時比較好喔。睡眠時間不足的話，注意力會下降的。

B：嗯，的確是如此……

**會話 3　運動**

A：佐藤先生平常都做什麼樣的運動呢？

B：這個嘛，我偶而會去慢跑。陳小姐呢？

A：我一週會去健身房健身三次。

B：哇，好厲害喔！你喜歡健身嗎？

A：沒有，也不是特別喜歡，只是因為不運動的話會變胖而已。

B：好像的確是如此。我看我平常也是多做點運動比較好。

### ～ほうがいいですよ

例1）なるべく朝ご飯を食べます
➡ なるべく朝ご飯を食べたほうがいいですよ。
例2）あまりジャンクフードを食べません
➡ あまりジャンクフードを食べないほうがいいですよ。
1) 時々運動します
➡ 時々運動したほうがいいですよ。

2) たくさん野菜を食べます
→ たくさん野菜を食べたほうがいいですよ。
3) 健康のために、たばこを吸いません
→ 健康のために、たばこを吸わないほうがいいですよ。
4) 寝る前にコーヒーを飲みません
→ 寝る前にコーヒーを飲まないほうがいいですよ。

## ～と、～／～ないと、～

例1）朝早く起きます／体にいいです
→ 朝早く起きると、体にいいです。
例2）運動しません／太ります
→ 運動しないと、太ります。

1) 睡眠時間が足りません／集中力が下がります
→ 睡眠時間が足りないと、集中力が下がります。
2) 疲れています／怒りっぽくなります
→ 疲れていると、怒りっぽくなります。
3) よく運動する／健康になります
→ よく運動すると、健康になります。
4) 朝ご飯を食べません／力が出ません
→ 朝ごはんを食べないと、力がでません。

## Unit 8　介紹台灣　P.63

**會話 1　你去過台灣嗎？**

A：山田小姐，你去過台灣嗎？
B：沒有，我沒去過。台灣是一個什麼樣的地方呢？
A：一年四季都很暖和，是很棒的地方喔。
B：咦，就連冬天也很溫暖嗎？
A：是啊，就算是冬天也不會太冷。
B：那真的很棒呢！
A：嗯，不過夏天日照強烈，非常悶熱。

**會話 2　台灣的美食**

A：台灣好像很多好吃的美食。
B：是啊，特別是夜市的小吃，既美味又便宜。
A：唔，夜市裡有什麼樣的店家啊？
B：夜市裡有各式各樣的攤商。有很多人會買了自己喜歡的食物之後，一邊散步一邊享用。
A：陳小姐推薦什麼美味的夜市小吃呢？
B：我最推薦的就是臭豆腐了。

**會話 3　關於台灣觀光**

A：我即將要到台灣去旅行，有什麼推薦的觀光景點嗎？
B：這樣啊。那就去日本人相當喜歡的九份如何？
A：啊，我有看到旅遊指南上的介紹，好像很不錯呢。
B：是啊，在九份可以看到美麗的風景，還可以品嘗甘甜的好茶。

A：好，那我就去看一看。

B：另外，烏來這個小鎮我也非常推薦喔。

A：那是什麼樣的地方啊？

B：烏來是著名的溫泉小鎮喔。

### ～たことがありますか

例）台湾へ行きます
➡ 台湾へ行ったことがありますか。

1) 台湾料理を食べます
➡ 台湾料理を食べたことがありますか。

2) タピオカミルクティーを飲みます
➡ タピオカミルクティーを飲んだことがありますか。

3) この映画を見ます
➡ この映画を見たことがありますか。

4) 一人旅をします
➡ 一人旅をしたことがありますか。

### （場所）では　～たり～たり　できます

例）九份／きれいな景色を見ます／お茶を飲みます
➡ 九份ではきれいな景色を見たり、お茶を飲んだりできます。

1) 夜市／Ｂ級グルメを食べます／ショッピングします
➡ 夜市ではＢ級グルメを食べたり、ショッピングしたりできます。

2) 烏來／温泉に入ります／原住民料理を楽しみます
➡ 烏來では温泉に入ったり、原住民料理を楽しんだりできます。

3) 淡水／サイクリングをします／夕日と夜景を見ます
➡ 淡水ではサイクリングをしたり、夕日と夜景を見たりできます。

## Unit 9　邀約・招待　P.71

**會話 1　接受邀請**

（敬體）

A：禮拜六晚上您有約了嗎？

B：沒有，並沒有任何打算。

A：有時間的話，要不要跟我一起去看場電影呢？

B：好啊。那我們要約在哪裡？

A：我們約在校門口前碰面吧！

B：好的，那要約幾點？

A：7 點可以嗎？

B：好的，真期待啊。


（常體）

A：禮拜六晚上有約嗎？

B：嗯，我沒事啊。

A：有空的話，要不要一起去看場電影？

B：好啊，要約在哪裡？

A：約在校門口前碰面吧！

B：好。幾點呢？

231

A：7點可以嗎？

B：好啊,好期待喔。

**會話2　拒絕邀約**

**(敬體)**

A：請問您禮拜天有空嗎？

B：我跟朋友約好了,有什麼事嗎？

A：這樣啊。因為我要去參加一場派對,所以想問您要不要一起去……

B：原來如此,真不好意思,但我當天另外有事……

A：不會,請不要在意。下次還有機會的話再一起去吧！

B：嗯,當然。下次一定要再約我喔。


**(常體)**

A：禮拜天有空嗎？

B：要跟朋友碰面,怎麼了？

A：是喔,我要去參加派對,本來想約你一起去……

B：喔,抱歉,當天我有別的事……

A：嗯,沒關係。下次有機會再找你一起去吧！

B：嗯,當然。要再約我喔。

## ～ば、～ませんか

例）時間があります／映画を見に行きます
➡ 時間があれば、映画を見に行きませんか。

1）時間が合います／一緒に帰ります
➡ 時間が合えば、一緒に帰りませんか。

2）機会があります／今度飲みに行きます
➡ 機会があれば、今度飲みに行きませんか。

3）都合が合います／パーティーに来ます
➡ 都合が合えば、パーティーに来ませんか。

4）7時に仕事が終わります／勉強会に参加します
➡ 7時に仕事が終われば、勉強会に参加しませんか。

## ～て／で…

例）用事がある
➡ その日はちょっと、用事があって…。

1）家族と約束しています
➡ その日はちょっと、家族と約束していて…。

2）都合が悪いです
➡ その日はちょっと、都合が悪くて…。

3）テストがあります
➡ その日はちょっと、テストがあって…。

4）旅行に行く予定です
➡ その日はちょっと、旅行に行く予定で…。

## Unit 10　道別　P. 80

### 會話 1　別離的話語

A：佐藤小姐，我就要回台灣了。

B：這樣啊……什麼時候回去呢？

A：搭下週六的飛機回去。

B：我知道了。期待下次我們再碰面。

A：好的。也請幫我向山田先生道別。這段時間承蒙您的照顧了。

### 會話 2　別離的話語

A：真的很高興能認識陳小姐。你要走了真讓人感到些許寂寞。

B：日後也請多多聯繫。

A：嗯，當然。

B：那麼，我差不多該出發了。下次再見。

A：好好保重。

B：佐藤先生也要好好保重自己。

### ～ことになりました

例）台湾へ帰ります
→ 台湾へ帰ることになりました。

1) 京都の大学に入学します
→ 京都の大学に入学することになりました。

2) ワーキングホリデーで北海道へ行きます
→ ワーキングホリデーで北海道へ行くことになりました。

3) 台北で働きます
→ 台北で働くことにまりました。

4) 転勤します
→ 転勤することになりました。

### ～て、～／～なくて、～

例1）陳さんに会えました／良かったです
→ 陳さんに会えて、良かったです。

例2）山田さんに会えません／残念です
→ 山田さんに会えなくて、残念です。

1) ここで働けました／良かったです
→ ここで働けて、良かったです。

2) 一緒に食事できました／楽しかったです
→ 一緒に食事できて、楽しかったです。

3) パーティーに参加できません／残念です
→ パーティーに参加できなくて、残念です。

4) 日本語がわかりませんでした／困りました
→ 日本語がわからなくて、困りました。

## Unit 11　外食　P. 88

### 會話 1　電話いと訂位

A：您好，這裡是江戶屋。

B：不好意思，我想要訂這個禮拜六的位置，晚上 7 點還有空位嗎？

A：請問幾位用餐？

B：3位。

A：好的，有空位。那麼，請給我您的姓名及電話號碼。

B：我叫佐藤。電話號碼是 090-2245-6023。

A：了解了。佐藤先生，星期六的晚上 7 點，期待您的大駕光臨。

## 會話 2　點餐

A：請問您決定好要點什麼了嗎？

B：那個，今天的主廚推薦是什麼呢？

A：是豬排咖哩套餐。

B：套餐有附什麼呢？

A：有沙拉和湯品，另外還有一杯飲料。

B：這樣啊，那麼，請給我一份。

A：了解了。

## 會話 3　速食

A：讓您久等了。請問您要點什麼？

B：我要一個起司漢堡套餐。

A：您要內用還是外帶呢？

B：要外帶。

A：要喝什麼飲料呢？

B：可樂。

A：總共是 620 圓。

……拿出千元紙鈔……

A：找您 380 圓。請您在那邊稍等一下。

### 〜んですが〜

例）今週の土曜日予約したいです／夜 7 時は空いていますか

➡ 今週の土曜日予約したいんですが、夜 7 時は空いていますか。

1）注文した料理がまだ来ていません／確認してくれませんか

➡ 注文した料理がまだ来ていないんですが、確認してくれませんか。

2）昨日予約しました／時間を変更してもいいですか

➡ 昨日予約したんですが、時間を変更してもいいですか。

3）卵アレルギーです／卵を含まない料理がありますか

➡ 卵アレルギーなんですが、卵を含まない料理がありますか。

4）食べきれません／包んでくれませんか

➡ 食べきれないんですが、包んでくれませんか。

### 〜んですが…

例）この料理は頼んでいません

➡ この料理は頼んでいないんですが…。

1）予約をキャンセルしたいです

➡ 予約をキャンセルしたいんですが…。

2）メニューを見たいです

➡ メニューを見たいんですが…。

3) お皿が少し汚れています
→ お皿が少し汚れているんですが…。
4) 取り皿が欲しいです
→ 取り皿が欲しいんですが…。

## Unit 12　超市・便利商店的購物　P. 96

### 會話 1　便利商店的櫃台

A：歡迎光臨。三件商品總共 3200 圓。便當要幫您加熱嗎？

B：好的，麻煩你。

A：您需要筷子嗎？

B：要。

A：收您 5000 圓。找您 1000 紙鈔，然後這是您的發票，以及零錢 800 圓。東西要幫您放進袋子裡嗎？

B：不用，沒關係。

A：謝謝您的惠顧。

### 會話 2　超市・肉品區

A：不好意思，請給我這個牛肉。

B：您要幾克呢？

A：唔……100 克大概是多少呢？

……店員展示肉品的份量……

B：這樣大約就是 100 克。

A：啊，好像有點少。那，給我 200 克好了。

B：好的，了解了。

### 會話 3　結帳時算錯金額

A：不好意思，我剛剛有來你們這裡買東西。

B：是，怎麼了嗎？

A：這份生魚片打七折，可是我看發票上好像沒有折扣耶。

B：這樣啊，我幫您確認一下，請稍候。

……店員確認中……

B：真的很抱歉，是我們的疏忽。這裡退您 60 圓的差價。

A：謝謝。

### 〜って

例) 100 グラム／どのくらいですか
→ 100 グラムってどのくらいですか。

1) チリソース／何ですか
→ チリソースって何ですか。

2) レジ袋／無料ですか
→ レジ袋って無料ですか。

3) このパン／どんな味ですか
→ このパンってどんな味ですか

4) セール／いつまでですか
→ セールっていつまでですか。

## Unit 13　購買服飾・家電　P. 103

### 會話 1　電鍋販售區在哪裡？

A：不好意思，請問電鍋的販售區在哪裡呢？

B：從右邊數過來第二排的地方。

A：謝謝你。

……往電鍋販售區走去……

A：不好意思，我想要找這個商品，可以幫我查查看你們這邊有沒有嗎？

B：好的，請稍等一下。

A：另外，這張優惠券還可以用嗎？

B：不好意思，這張優惠券已經過期了。

## 會話 2　試穿

A：請問，這件 T 恤可以試穿看看嗎？

B：可以的，請到這邊來。

…………進入更衣室試穿……

A：不好意思，有點太小了，有再大一點的尺寸嗎？

B：有的，我去幫您拿過來，請您稍等一下。

B：讓您久等了。這件是 L 的。

A：謝謝。

……再次試穿……

B：先生，還可以嗎？

A：剛剛好，我要這件。

B：了解了，謝謝您。

## 會話 3　宅配服務

A：這件商品有宅配服務嗎？

B：是的，可以。宅配的費用是 1200 圓，可以嗎？

A：好的，沒問題。

B：宅配最快兩天後能送到，您希望哪一天送到呢？

A：那麼，麻煩就兩天後送到吧！

B：了解了。那麼，請在這裡寫下您的配送地址。

### 〜か／〜かどうか

例1）炊飯器はどこにありますか／教えてください

➡ 炊飯器はどこにあるか教えてください。

例2）この商品がありますか／調べてくれませんか

➡ この商品があるかどうか調べてくれませんか。

1）このクーポンは使えますか／わかりません

➡ このクーポンは使えるかどうかわかりません。

2）この商品はいつ発売されましたか／わかりますか。

➡ この商品はいつ発売されたかわかりますか。

3）保証がありますか／調べてください

➡ 保証があるかどうか調べてください。

4）新商品の入荷はいつですか／わかりますか。

➡ 新商品の入荷はいつかわかりますか。

### 〜てみてもいいですか

例）このTシャツを試着します

➡ このTシャツを試着してみてもいいですか。

1）この靴を穿きます

➡ この靴を穿いてみてもいいですか。

2) このワンピースを着ます
→ このワンピースを着てみてもいいですか。
3) このドライヤーを使います
→ このドライヤーを使ってみてもいいですか。
4) このソファーに座ります
→ このソファーに座ってみてもいいですか。

## Unit 14　找房子・家裡的各種狀況　P.112

### 會話 1　在房屋仲介的會話

A：歡迎光臨。請問您要看房子嗎？
B：是的，我想要找位在東西線沿線的雅房……。
A：那麼，您看這個房間如何？走路 20 分鐘可以到朝日車站，租金每個月是 3 萬 7 千圓。
B：唔…有沒有走路 5 分鐘就能到車站的房子？租金稍微再高一點也沒關係。
A：有的，請稍等我一下。

### 會話 2　向房東報告水管漏水的情況

A：不好意思，從昨天晚上開始，浴室的水龍頭就完全沒有水了……。
B：這樣啊，那可就麻煩了。我馬上叫水電師傅過去看看。
A：可以麻煩請師傅來的時候順便看看馬桶的狀況嗎？馬桶有時候會無法沖水。
B：知道了，我會跟水電師傅說的。
A：麻煩您了。

### 〜なりました

例 1) 最近よくトイレが詰まります
→ 最近よくトイレが詰まるようになりました。
例 2) 水道から水が出ません
→ 水道から水が出なくなりました。
1) 急にテレビが映りません
→ 急にテレビが映らなくなりました。
2) 最近よく雨漏りします
→ 最近よく雨漏りするようになりました。
3) クーラーがつきません
→ クーラーがつかなくなりました。
4) 隣の部屋から犬の鳴き声が聞こえます
→ 隣の部屋から犬の鳴き声が聞こえるようになりました。

## Unit 15　圖書館　P.120

### 會話 1　詢問書本的所在位置

A：不好意思，請問雜誌放在哪一個區？
B：往前直走，就在您的左手邊。
A：謝謝你。那個，雜誌可以外借嗎？
B：不行，雜誌是不能借出去的，只能在圖書館裡頭翻閱。

### 會話 2　申辦借書證

A：我想申辦借書證……。

B：您有可以確認姓名及住址的身分證件嗎？

A：有，這個可以嗎？

B：是的，可以。

A：一次可以借幾本書呢？

B：可以借 5 本。不過報紙跟雜誌是不能外借的，請多加留意。

A：可以借幾天？

B：2 個禮拜。如果有辦理續借的話，還可以再多借 2 個禮拜。

### ～ので、～

例）雑誌は貸出禁止です／図書館の中で読んでください
➡ 雑誌は貸出禁止なので、図書館の中で読んでください。

1) 返却日を過ぎています／一週間本を借りることができません
➡ 返却日を過ぎているので、一週間本を借りることができません。

2) 他の利用者に迷惑です／飲食は禁止です
➡ 他の利用者に迷惑なので、飲食は禁止です。

3) 明日は休館日です／本は返却ボックスに入れてください
➡ 明日は休館日なので、本は返却ボックスに入れてください。

### 可能動詞

例）一度に 5 冊まで借ります
➡ 一度に 5 冊まで借りられます。

1) フロントでコピーします
➡ フロントでコピーできます。

2) 一人 2 時間までコンピューターを使います。
➡ 一人 2 時間までコンピューターが使えます。

3) インターネットで延長手続きをします
➡ インターネットで延長手続きができます。

4) 3 階でＤＶＤを見ます
➡ 3 階でＤＶＤが見られます。

## Unit 16　銀行　P.126

### 會話 1　開設銀行帳戶

A：我想開設一個一般的存款帳戶。

B：了解了。請您先提供身分證明文件給我。

A：好的。

……拿出身分證……

B：謝謝您。那麼，接下來請在這個表格中填寫必填的資料。

A：好的，知道了。

### 會話 2　外幣兌換

A：不好意思，我想用新台幣兌換成日圓。

B：了解了。那麼，請在這裡填寫必填的資料。

……必填資料填寫中……

A：填好了。

B：好的，收您20,000元。這是72,400圓，請您確認。

A：謝謝。

### ～てもらえませんか

例） 両替します
→ 両替してもらえませんか。
1） ＡＴＭの使い方を教えます
→ ＡＴＭの使い方を教えてもらえませんか。
2） ペンを貸します
→ ペンを貸してもらえませんか。
3） この千円札を小銭にかえます
→ この千円札を小銭にかえてもらえませんか。
4） 少し待ちます
→ 少し待ってもらえませんか。

## Unit 17　美容院　P.132

**會話 1　剪髮 1**

A：今天想要怎麼剪呢？

B：我的頭髮有點變長了，請幫我從髮尾剪短 2 到 3 公分。

A：瀏海的部分想怎麼處理呢？

B：瀏海保持原來的樣子就可以了。

**會話 2　剪髮 2**

A：我沒有事先預約，請問現在可以剪頭髮嗎？

B：可以，沒問題喔。我先保管您的物品。請到這邊來。

……坐到美髮椅上……

B：今天想要怎麼剪呢？

A：我想要剪鮑伯頭，有什麼可以參考的照片嗎？

B：有的，請您參考這本髮型目錄。

A：請幫我剪成像照片中這個人一樣的髮型。

B：好的，我了解了。

### ～く／に　～てください

例1） もっと短い／切ります
→ もっと短く切ってください。
例2） ショートカット／します
→ ショートカットにしてください。
1） 今より明るい／染めます
→ 今より明るく染めてください。
2） この写真みたい／します
→ この写真みたいにしてください。
3） ゆるい／パーマをかけます
→ ゆるくパーマをかけてください。
4） 前回と同じ髪型／します
→ 前回と同じ髪型にしてください。

# Unit 18　醫院　P.140

## 會話 1　電話預約

A：您好，這裡是星野牙醫診所。

B：不好意思，我想要預約看診。

A：好的，請問要預約什麼時候呢？

B：請幫我安排這禮拜的禮拜四或禮拜五。

A：好的，那麼幫您安排禮拜五的上午11點可以嗎？

B：沒問題。

## 會話 2　看診

A：你怎麼了呢？

B：我的喉嚨從昨天痛到現在，好像是感冒了。

A：什麼時候開始出現症狀的？

B：是從昨天早上開始的。

A：會畏寒嗎？

B：會。

A：這樣啊。那首先我們來量一下體溫吧！

……………………………………

A：你是感冒了。我開感冒藥給你。接下來的2、3天請在家裡好好地休養。

B：好的，我知道了。

## 會話 3　拿藥

A：藥是在這裡領取嗎？

B：嗯，是的。請問您有處方箋嗎？

A：有的。

……遞過處方箋……

B：好的，總共有兩種錠劑，以及一種藥膏。

A：錠劑什麼時候吃比較好呢？

B：一天三次，請在飯後服用。

## ～ようです

例）風邪を引きました
→ 風邪を引いたようです。

1) 少し熱があります
→ 少し熱があるようです。

2) インフルエンザにかかりました
→ インフルエンザにかかったようです。

3) 食あたりです
→ 食あたりのようです。

4) 昨日働きすぎました
→ 昨日働きすぎたようです。

## ～ようにしてください

例1）家でゆっくり休みます
→ 家でゆっくり休むようにしてください。

例2）無理をしません
→ 無理をしないようにしてください。

1) 患部を濡らしません
→ 患部を濡らさないようにしてください。

2) 早く寝ます
→ 早く寝るようにしてください。

3) 脂っこいものや甘いものを食べません

➡ 脂っこいものや甘いものを食べないようにしてください。

## Unit 19　緊急狀況　P.150

### 會話 1　報警

A：您好，這裡是警察局。

B：我家遭小偷了。家裡的手錶和現金都被偷走了。

A：了解了。請提供您的大名與住家地址。

B：我叫山田真由美。住在北區大川町1-1。

A：好的，10分鐘以內我們就會派員抵達現場。

### 會話 2　說明犯人的外貌特徵

A：請說明一下犯人的外貌特徵。

B：身材高大，看起來大約有180公分。然後，留著一頭咖啡色的短髮。

A：還有什麼其他特徵嗎？比方說有沒有戴眼鏡之類的……

B：沒有，犯人沒有戴眼鏡。

A：你還記得犯人所穿的衣服嗎？

B：他穿著牛仔褲。然後，上半身是黑色的夾克。

### 會話 3　發生意外

A：怎麼了？

B：我開車發生了事故，不小心追撞了自行車，對方的手腕受傷了。

A：了解了。請您先冷靜下來。發生事故的地方在哪裡？

B：車站前的十字路口。

A：我們馬上派員過去。有叫救護車了嗎？

B：是的，已經叫了。

### 受身動詞

例）泥棒／時計と現金を盗みます
➡ 泥棒に時計と現金を盗まれました。

1）ひったくり／かばんを取ります
➡ ひったくりにかばんを取られました。

2）痴漢／体を触ります
➡ 痴漢に体を触られました。

3）あの人／顔を殴ります
➡ あの人に顔を殴られました。

4）あの人／携帯電話を壊します
➡ あの人に携帯電話を壊されました。

### ～てしまいました

例）車で事故をおこしました
➡ 車で事故をおこしてしまいました。

1）自転車に追突しました
➡ 自転車に追突してしまいました。

2）歩行者をひきます
➡ 歩行者をひいてしまいました。

3）店の窓ガラスを割りました
➡ 店の窓ガラスを割ってしまいました。

4) 子供が迷子になりました
➡ 子供が迷子になってしまいました。

## Unit 20　問路　P. 158

### 會話 1　問路

A：不好意思，請問這附近有郵局嗎？

B：有的，郵局就在那邊。你沿著這條路一直直走就會到了。

A：是在右側還是左側呢？

B：在右側。

A：了解了，謝謝您。

### 會話 2　詢問場所

A：不好意思，請問佐藤老師的辦公室在哪裡呢？

B：在三樓。

A：您知道是幾號房嗎？

B：我記得是 314 號房。就是茶水間正對面的那一間。

A：我知道了，謝謝您。

### ～ところに

例）この道をまっすぐ行きます／郵便局があります
➡ この道をまっすぐ行ったところに、郵便局があります。

1) あの角を右へ曲がります／薬局があります
➡ あの角を右へ曲がったところに、薬局があります。

2) 橋を渡ります／駅があります
➡ 橋を渡ったところに、駅があります。

3) 2 階に上がります／化粧品売り場があります
➡ 2 階に上がったところに、化粧品売り場があります。

4) 信号を渡ってまっすぐ行きます／コンビニが見えます
➡ 信号を渡ってまっすぐ行ったところに、コンビニが見えます。

### たしか～と思います

例）先生の部屋／314 号室です
➡ 先生の部屋は、たしか 314 号室だと思います。

1) コンビニ／この先にあります
➡ コンビニは、たしかこの先にあると思います。

2) その店／先月閉店しました
➡ その店は、たしか先月閉店したと思います。

3) その本屋／この角を曲がったところにあります
➡ その本屋は、たしかこの角を曲がったところにあると思います。

4) その美容室／月曜日は休みです
➡ その美容室は、たしか月曜日は休みだと思います。

# Unit 21　大眾運輸工具　P. 165

**會話 1　詢問公車路線**

A：不好意思，請問幾號公車可以到市公所？

B：您可以搭乘 3 號或 16 號公車到市公所。

A：這樣啊，搭 3 號或 16 號公車要到哪裡搭乘呢？

B：請到前方的 D 候車亭搭乘。

A：好的，謝謝。

**會話 2　購買新幹線的車票**

A：請給我一張前往京都的車票。

B：想要幾點出發呢？

A：最早的一班是幾點發車？

B：接下來是 10 點 30 分，可以嗎？

A：好的，請給我這班車的車票。

B：您要對號座位還是搭乘自由座？

A：自由座就可以了。

B：好的，車資是 5,800 圓。

**會話 3　計程車**

A：請載我到市區的王子飯店。

B：了解了。

A：到飯店大概要開多久？

B：不塞車的話，大約 30 分鐘左右可以到達。

A：這樣啊，那大概多少錢呢？

B：嗯，應該不會超過 4,000 圓。

## 疑問詞＋ばいいですか

例）どこからバスに乗りますか
→ どこからバスに乗ればいいですか。

1) 切符はどうやって買いますか
→ 切符はどうやって買えばいいですか。

2) どこで乗り換えますか
→ どこで乗り換えればいいですか。

3) いつ運賃を払いますか
→ いつ運賃を払えばいいですか。

4) 市立図書館はどの駅で降りますか
→ 市立図書館はどの駅で降りればいいですか。

## ～にします

例）それ　→　それにします。

例）タクシーで行きます
→ タクシーで行くことにします。

1) 10 時発の電車
→ 10 時発の電車にします。

2) 1 日乗車券を買います
→ 1 日乗車券を買うことにします。

3) その便
→ その便にします。

4) 終電で帰ります
→ 終電で帰ることにします。

## Unit 22　開車・故障・加油站　P.174

### 會話 1 塞車

A：哇，塞車了！真衰……。

B：真的耶。畢竟現在是下班回家的尖峰時段……。在這邊右轉吧，雖然會繞一點遠路，但應該會快很多吧？

A：說不定喔。那就這麼辦。

### 會話 2　加油

A：一般汽油加滿。

B：好的。請問您要付現還是刷卡呢？

A：付現。

B：好的。要幫您把車裡的垃圾丟掉嗎？

A：麻煩你了。

B：讓您久等了。總共是 4,200 圓。

A：好的。

B：收您 4,200 圓。這是您的發票。謝謝您的光臨。

### 會話 3　修車廠

A：引擎的狀況好像不太好，可以幫我看一下嗎？

B：好的。是什麼狀況呢？

A：在行駛的時候會發出怪聲。

B：這樣啊。從什麼時候開始的？

A：2、3天前開始的。

B：好的。那麼打開引擎蓋來檢查看看吧！

## ～んじゃないですか

例）ここで右折したほうが早いです
➡ ここで右折したほうが早いんじゃないですか。

1) あの道は込んでいます
➡ あの道は込んでいるんじゃないですか。

2) あの道は今工事中です
➡ あの道は今工事中なんじゃないですか。

3) この道は違います
➡ この道は違うんじゃないですか。

## ～がします

例）変な音　➡　変な音がします。

1) 何かが燃えているにおい
➡ 何かが燃えているにおいがします。

2) 空気が抜ける音
➡ 空気が抜ける音がします。

3) ガソリンのにおい
➡ ガソリンのにおいがします。

4) 動物の鳴き声
➡ 動物の鳴き声がします。

## Unit 23　找工作　P.184

### 會話 1　在職業介紹所找工作

A：你想找哪種類型的工作呢？

B：我想找服飾銷售的工作。

A：有相關經驗嗎？

B：在日本還沒有相關的經驗，不過在台灣，我做了三年銷售業務員的工作。

A：這樣啊。有幾個店家正在徵求銷售員，我來幫你介紹。

B：好的，麻煩你了。

**會話2　面試**

A：百忙之中打擾您了，非常感謝，我姓江。

B：這邊請坐。

A：謝謝。

……就座……

A：這是我的個人履歷和簡歷。

B：好的。我來看一下。為什麼會想來應徵這份工作呢？

A：因為這份工作和我之前的工作領域及負責的項目相近，所以才會來應徵。

B：這樣啊。如果錄用了，你什麼時候可以開始上班呢？

A：什麼時候開始都可以。

……面試結束……

A：確定要錄用的話，我們會主動聯繫。

B：了解了。今天真的非常感謝您。

A：彼此彼此，謝謝你。

**會話3　尋找兼差的工作機會**

A：不好意思，我在入口處看到貴公司招募計時人員的海報，能給我一個機會參加面試嗎？

B：你想要做白天班還是夜班呢？

A：希望能上白天班。

B：假日可以排班嗎？

A：是的，可以排班。

B：那麼，我們會由店長來跟你面試，明天下午六點請帶著履歷過來。

A：了解了，謝謝您。

**～として**

例）台湾で販売員／３年働いていました
➡ 台湾で販売員として３年働いていました。

1）エンジニア／ＮＤＩに勤務しています
➡ エンジニアとしてＮＤＩに勤務しています。

2）助手／台湾大学で働いていました
➡ 助手として台湾大学で働いていました。

3）交換留学生／１年間勉強しました
➡ 交換留学生として１年間勉強しました。

4）ウエイトレス／レストランでアルバイトしています
➡ ウエイトレスとしてレストランでアルバイトしています。

# Unit 24　請假・遲到・排班　P.194

## 會話 1　遲到時的電話聯繫

A：您好，我是丸山商社的渡邊。
B：渡邊先生早，我是李。
A：啊，李小姐，怎麼了？
B：是這樣的，我從昨天晚上就開始喉嚨痛……可不可以讓我先去一趟醫院之後，再過去公司上班呢？
A：嗯，當然可以。
B：不好意思。我會在十點前到公司。
A：知道了，那麼，待會見。
B：好的，待會見。

## 會話 2　申請特休

A：課長，您現在有空嗎？
B：有啊，怎麼了？
A：其實是我媽從老家來看我了……。
B：這樣啊。
A：所以，3月3日我可以請特休嗎？
B：嗯，可以啊。
A：謝謝您。

## 會話 3　排班

A：辛苦了。
B：啊，王小姐，辛苦了。
A：店長，下個月的班表已經決定好了嗎？
B：還沒呢。我預定明後天做最後確認，怎麼了？

A：不，沒什麼事。我知道了。那麼，我先下班回家了。
B：嗯，好的，明天見。

## ～ていただけないでしょうか

例1）遅刻すると部長に伝えます
➡ 遅刻すると部長に伝えていただけないでしょうか。

例2）用事があるので、有給を取ります
➡ 用事があるので、有給を取らせていただけないでしょうか。

1) 来週のシフトを教えます
➡ 来週のシフトを教えていただけないでしょうか。

2) 風邪気味なので、病院へ行きます
➡ 風邪気味なので、病院へ行かせていただけないでしょうか。

3) 興味があるので、その作業を担当します
➡ 興味があるので、その作業を担当させていただけないでしょうか。

4) まだ報告書が完成していないので、もう少し待ちます
➡ まだ報告書が完成していないので、もう少し待っていただけないでしょうか。

5) 体調が優れないので、早退します
➡ 体調が優れないので、早退させていただけないでしょうか。

6) 次のミーティングに部長も参加します
➡ 次のミーティングに部長も参加していただけないでしょうか。

## Unit 25　電話應對・接待客人　P.202

### 會話 1　接待客人

A：歡迎光臨。

B：我是 NDD 公司的山田。可以麻煩您幫我叫營業部的林先生嗎？我跟他約好上午 10 點要碰面。

A：山田小姐是嗎？讓您久等了。請您這邊先坐，稍等一下。

B：好的。

……奉茶招待……

A：請用茶。林先生馬上就過來了。

### 會話 2　轉接電話

A：感謝您撥打電話過來，這裡是 NDD 公司。

B：我是丸山商社營業二課的渡邊。

A：一直以來承蒙您的照顧。

B：我們才是讓貴公司多多照顧了。請問山田課長在嗎？

A：您要找山田是嗎？請稍等一下。

### 會話 3　轉達留言

A：您好，這裡是 ARRK 股份有限公司。

B：我是 NDD 公司的山田，林先生在嗎？

A：不好意思，林現在正在開會。

B：啊，這樣啊……

A：方便的話，您可以將要事告訴我。

B：好的，請您告訴他，明天的會議從下午四點開始。

A：了解了。我會跟林説。

B：再麻煩您了。

A：謝謝您的來電。

### お～ください

例) こちらで待つ
➡ こちらでお待ちください。

1) こちらにかける
➡ こちらにおかけください

2) こちらのメモを使う
➡ こちらのメモをお使いください。

3) この件について佐藤さんに伝える
➡ この件について佐藤さんにお伝えください。

4) こちらにお名前を書く
➡ こちらにお名前をお書きください。

### ～とお伝えください

例) 明日の打ち合わせは 4 時からです
➡ 明日の打ち合わせは 4 時からだとお伝えください。

1) 会議は 4 時までです
➡ 会議は 4 時までだとお伝えください。

2) 資料は今朝お送りしました
➡ 資料は今朝お送りしたとお伝えください。

3) 新作の完成予定日が変更になりました
→ 新作の完成予定日が変更になったとお伝えください。
4) 締め切りは明日です
→ 締め切りは明日だとお伝えください。

## Unit 26　表達感謝・歉意　P.210

### 會話 1　道謝

A：佐藤小姐，先前跟您學習很多，真的非常感謝。

B：沒有沒有，請不要掛在心上。

A：這個送您，不是什麼貴重的東西，請您吃吃看。

B：啊，這真是不好意思。真的不需要這麼費心啊。

A：不不，真的只是一點小小的心意而已。

### 會話 2　為自己的錯誤道歉

A：陳小姐，你有空嗎？

B：有的，怎麼了嗎？

A：你這份報告裡，這邊的數據好像不太對耶，可以再確認一次嗎？

B：咦……好的。我馬上確認。

……確認過後，發現錯誤……

B：那個……是我輸入了錯誤的數據，真的很抱歉。

A：不會，沒關係的。今後請多加注意喔。

B：好的。今後我會小心注意，避免再犯同樣的錯誤。

### ～いただいて、ありがとうございました

例) 教えます
→ 教えていただいて、ありがとうございました。
1) 連れて行きます
→ 連れて行っていただいて、ありがとうございました。
2) 案内します
→ 案内していただいて、ありがとうございました。
3) アドバイスします
→ アドバイスしていただいて、ありがとうございました。
4) 送ります
→ 送っていただいて、ありがとうございました。

### ～ように～

例1) 皆様のお役に立てます／頑張ります
→ 皆様のお役に立てるように頑張ります。
例2) 今後同じ間違いがありません／注意いたします
→ 今後同じ間違いがないように注意いたします。
1) 新しい企画がうまくいきます／準備します
→ 新しい企画がうまくいくように準備します。

2) 忘れません／メモしておきます
→ 忘れないようにメモしておきます。
3) トラブルが発生しません／事前にチェックしておきます
→ トラブルが発生しないように事前にチェックしておきます。
4) 明日までに提出できます／残業します
→ 明日までに提出できるように残業します。

# 附録4 練習問題解答

## Unit 1　P.17

**1　音声を聞いて、（　）に単語を入れなさい。**

スクリプト
1) はじめまして。林と申します。
2) お会いできて嬉しいです。
3) これからお世話になります。
4) 台湾から来ました。

解答
1) と申します
2) 嬉しいです
3) お世話になります
4) から

**2　音声を聞いて、正しければ○、間違っていれば×を入れなさい。**

スクリプト
1) A：いつ日本へ来ましたか。
   B：先週来たばかりです。
■ 女の人は昨日日本へ来ました。
2) A：ご出身はどちらですか。
   B：京都出身です。
■ 女の人は京都出身です。
3) A：日本の生活には慣れましたか。
   B：ええ、色々わからないこともありますが、だんだん慣れてきました。
■ 女の人は日本の生活に慣れていません。
4) A：佐藤さんは何型ですか。
   B：私はA型です。
■ 女の人はA型です。

解答
1) ×　2) ○　3) ×　4) ○

**3　例のように文を作りなさい。**

解答
1) さっき家へ帰ったばかりです。
2) 2か月前に日本語学校に入学したばかりです。
3) 1時間前に京都に着いたばかりです。

**4　a,bの正しいほうを選びなさい。**

解答
1) b　2) a　3) a　4) b

## Unit 2　P.26

**1　音声を聞いて、（　）に単語を入れなさい。**

スクリプト
1) 李さんはかわいくておしゃれです。
2) あの先生は厳しいですが、人気があります。
3) 私は真面目でおとなしい人が好きです。

解答
1) かわいくて
2) 厳しい／人気
3) 真面目で

**2** 音声を聞いて、正しければ○、間違っていれば×を入れなさい。

スクリプト
1) A：陳さんはどんな人ですか。
   B：そうですね…。陳さんは礼儀正しくて、親切な人ですよ。
■ 陳さんは礼儀正しいです。
2) A：鈴木さんは友達が多いですよね。
   B：そんなことありませんよ。私は人見知りなので、人と仲良くなるのに時間がかかるんです。
■ 女の人は友達がたくさんいます。
3) A：山田さんはどんな人がタイプですか。
   B：そうですね…。私はおとなしい性格なので、積極的な人が好きです。
■ 女の人はおとなしい人が好きです。
4) A：日本人は礼儀正しい人が多いと聞きました。
   B：そうですね。でも、礼儀正しくない人もいますよ。
■ 日本人はみんな礼儀正しいです。

解答
1) ○  2) ×  3) ×  4) ×

**3** 対応する単語を答えなさい。

解答
1) ネガティブな
2) 大雑把な
3) 消極的な
4) 厳しい／冷たい

**4** 例のように文を作りなさい。

解答
1) 台湾人は情熱的な人が多いと言われています。
2) 東京の人は歩くのが速いと言われています。
3) うお座の人はロマンチックだと言われています。

## Unit 3　P. 33

**1** 音声を聞いて、（ ）に単語を入れなさい。

スクリプト
1) 私の趣味は服を作ることです。
2) 佐藤さんは1か月に3冊ぐらい小説を読みます。
3) 私は19歳の時に日本語の勉強を始めました。
4) 彼はアメリカの音楽を聞くのが好きです。

解答
1) 服／作ること
2) 1か月に3冊
3) 19歳の時／始めました
4) 音楽／聞くの

**2** 音声を聞いて、正しければ○、間違っていれば×を入れなさい。

スクリプト

1) A：趣味は何ですか。
   B：私の趣味はテニスです。
   A：そうですか。実は私もよくテニスをするんです。
■ この二人はテニスが好きです。

2) A：どのくらい英会話教室で英語を習っていますか。
   B：4年前に始めました。でも去年は忙しかったですから、一年間教室へ行きませんでした。
■ 女の人は4年前からずっと英語を習っています。

3) A：私の趣味は絵を描くことです。
   B：どんな絵を描きますか。
   A：そうですね。最近はよく動物の絵を描いています。
■ 男の人は動物の絵をよく描きます。

4) A：ピアノが上手ですね。毎日練習しますか。
   B：う〜ん…、毎日練習したほうがいいですけど、時間がありませんから…。
■ 女の人は毎日ピアノを練習します。

解答

1) ○  2) ×  3) ○  4) ×

**3** a,bの正しいほうを選びなさい。

解答

1) a  2) a  3) b

**4** 次の中国語を日本語に訳しなさい。

解答

1) 歴史を勉強するのが好きです。
2) 絵を描くのが下手です。
3) 私の趣味は漫画を描くことです。
4) 私は1週間に2回ぐらい映画を見ます。

## Unit 4  P. 40

**1** 音声を聞いて、（ ）に単語を入れなさい。

スクリプト

1) 今日は朝からずっと雨が降っています。
2) 最近だんだん暑くなってきました。もうすぐ夏です。
3) 今年の冬は暖かいですから、雪が降らないかもしれません。

解答

1) ずっと／降っています
2) だんだん／夏
3) 暖かい／雪が降らない

**2** 音声を聞いて、正しければ○、間違っていれば×を入れなさい。

スクリプト

1) A：明日のハイキング、雨が降ったらどうしますか。
   B：雨が降ったら、来週行きましょう。
■ 明日雨が降ったら、ハイキングに行きません。

2) A：今日はじめじめしていますね。
　　B：本当ですね。最近ずっとこんな天気ですね。
■ 今日は湿度が高いです。
3) A：だんだん曇ってきましたね。
　　B：ええ、雨が降るかもしれませんね。
■ 今、雨が降っています。
4) A：外は日差しが強いですよ。
　　B：じゃ、日傘を持って行きます。
■ 今、晴れています。

解答
1) ○　2) ○　3) ×　4) ○

**3** 例のように文を作りなさい。

解答
1) 桜が咲きそうです。
2) 明日は晴れそうです。
3) 外は暑そうです。
4) あの服は涼しそうです。

**4** 次の文を中国語に訳しなさい。

解答
1) 雨嘩啦嘩啦地下著。
2) 台灣在梅雨期間每天濕答答的。

## Unit 5　P.47

**1** 音声を聞いて、正しければ○、間違っていれば×を入れなさい。

スクリプト
1) A：何か定期購読している雑誌がありますか。
　　B：ええ、私は経済誌を定期購読しています。
■ 女の人は毎月経済誌を読んでいます。
2) A：毎日新聞を読んでいますか。
　　B：いいえ、週末しか読みません。でも、テレビのニュースは毎日見ますよ。
■ 女の人は全然新聞を読みません。
3) A：何をしているんですか。
　　B：ケータイでオンラインニュースをチェックしているんです。
■ 女の人はテレビでニュースを見ています。

解答
1) ○　2) ×　3) ×

**2** 音声を聞いて、情報をまとめなさい。

スクリプト
1) A：木村さん、知っていますか。昨日駅の近くに新しいパン屋がオープンしたんですよ。
　　B：へえ、知りませんでした。もう行きましたか。
　　A：いいえ、まだです。でも、今日行こうと思っています。今日と明日は割引きがあるそうですから。
2) A：ニュースによると、昨日関東で地震があったそうですよ。
　　B：そうなんですか。大きい地震でしたか。
　　A：いいえ、小さい地震でしたから、今はもう大丈夫だそうです。

B：そうですか、問題がなくて良かったですね。

3) A：新聞によると、今日神社でお祭りがあるそうですよ。
B：へえ、いいですね。
A：ええ。それに、夜7時から、花火もあるそうです。
B：そうですか。じゃあ、一緒に行きませんか。

解答
1) 駅の近く／パン屋／割引きがある
2) 地震／小さい地震／大丈夫
3) お祭り／夜7時／花火

③ 例のように文を作りなさい。

解答
1) 今朝のニュースによると、昨日都内のホテルで火事があったそうです。
2) 雑誌の記事によると、来週新しい遊園地がオープンするそうです。
3) 新聞によると、首相は明日アメリカへ行くそうです。

## Unit 6　P.54

① 音声を聞いて、（　）に単語を入れなさい。

スクリプト
1) そのホラー映画はとてもこわいらしいです。
2) 来週から8チャンネルで新しいドラマが始まるらしいです。
3) 今晩サッカーの試合が生中継で放送されます。

解答
1) ホラー映画／こわい
2) 8チャンネル／ドラマ
3) サッカーの試合／生中継

② 音声を聞いて、正しければ○、間違っていれば×を入れなさい。

スクリプト
1) A：今4チャンネルは何の番組ですか。
B：アニメですよ。でも、あと10分でクイズ番組が始まりますよ。
■ チャンネルは今クイズ番組を放送しています。

2) A：この映画は日本人が作ったんですか。
B：えーと…、監督はフランス人です。でも俳優は全員日本人ですね。
■ この映画の監督はフランス人です。

3) A：ホラー映画は好きですか。
B：ええ。でも最近はアクション映画のほうが好きです。
■ 女の人はホラー映画が好きじゃありません。

4) A：この映画、とてもおもしろいらしいですよ。
B：そうらしいですね。私の友達もみんなこの映画が好きだと言っていました。
■ この二人はこの映画を見たことがありません。

解答
1) × 2) ○ 3) × 4) ○

**3** a,b の正しいほうを選びなさい。

解答
1) b 2) b 3) a 4) a

**4** 次の中国語を日本語に訳しなさい。

解答
1) リモコンを取ってくれませんか。
2) チャンネルを換えてもいいですか。
3) この映画の監督は誰ですか。

## Unit 7　P.62

**1** 音声を聞いて、（　）に単語を入れなさい。

スクリプト
1) たくさんお酒を飲むと、頭が痛くなります。
2) 運動すると、気持ちがいいです
3) 睡眠時間が足りないと、集中力が下がります。

解答
1) 飲む／痛く
2) 運動する／気持ち
3) 睡眠／足りない

**2** 音声を聞いて、正しければ○、間違っていれば×を入れなさい。

スクリプト
1) A：いつも何時ぐらいに寝ますか。
   B：だいたい11時ぐらいに寝ます。でも昨日はちょっと夜更かししてしまいました。
■ 女の人は昨日11時に寝ました。
2) A：木村さんはよくジムへ行きますね。トレーニングが好きなんですか。
   B：いいえ、特に好きというわけではありませんけど、運動しないと太りますから。
■ 女の人はトレーニングがとても好きです。
3) A：毎朝ちゃんと朝ご飯を食べていますか。
   B：いいえ、時間がないので、コーヒーだけです。
■ 女の人は毎朝コーヒーしか飲みません。
4) A：渡辺さん、今日は遅いですね。どうしたんですか。
   B：目覚まし時計をセットするのを忘れちゃったんです。
■ 女の人は今日寝坊しました。

解答
1) × 2) × 3) ○ 4) ○

**3** a,b の正しいほうを選びなさい。

解答
1) b 2) a 3) a 4) a

4　シチュエーションに合わせて文を作りなさい。

解答
1) もう少し早く寝たほうがいいですよ。
2) 毎日果物を食べたほうがいいですよ。
3) 毎日お酒を飲まないほうがいいですよ。

## Unit 8　P.70

1　音声を聞いて、（　）に単語を入れなさい。

スクリプト
1) 夜市には色々な屋台があります。
2) 私のおすすめは烏來という町です。
3) 九份は人気の観光スポットです。

解答
1) 色々／屋台
2) おすすめ／という
3) 観光スポット

2　音声を聞いて、正しければ○、間違っていれば×を入れなさい。

1) A：台湾は冬でも暖かいんですか。
　 B：そうですね。日本よりだいぶ暖かいですよ。
■ 冬、日本は台湾よりだいぶ寒いです。
2) A：台湾でどんなお土産を買うことができますか。
　 B：やっぱりお茶が良いと思いますよ。おいしいし、有名ですから。
■ 女の人のおすすめのお土産はお茶です。
3) A：台湾へ行ったことがありますか。
　 B：いいえ。でも来月行く予定です。ずっと旅行したいと思っていたんです。
■ 女の人は台湾へ行ったことがあります。
4) A：台湾は夏、とても暑いそうですね。
　 B：ええ、暑いですよ。でもデパートなどの建物の中は冷房が強いので、時々ちょっと寒いです。
■ 夏、デパートの中は暑いです。

解答
1) ○　2) ○　3) ×　4) ×

3　例のように文を作りなさい。

解答
1) 深坑では旧市街を散歩したり、臭豆腐を食べたりできます。
2) 陽明山ではハイキングをしたり、温泉に入ったりできます。
3) 台南では歴史的な建物を見たり、おいしい台湾料理を食べたりできます。

4 次の中国語を日本語に訳しなさい。

解答
1) 台湾へ行ったら、是非ショーロンポーを食べてみてください。
2) タピオカミルクティーを飲んだことがありますか。

## Unit 9　P.79

1 音声を聞いて、内容をまとめなさい。a,bの正しいほうを選びなさい。また、（　）に単語を入れなさい。

スクリプト
1) A：明日、何時に待ち合わせしますか。
B：映画は8時からでしょう？じゃ、7時45分はどうですか。
A：あ、でも、もし良ければ、映画の前に食事に行きませんか。
B：ああ、良いですね。じゃ、6時半はどうですか。
A：良いですよ。映画館の隣のレストランの前で待ち合わせしましょう。
2) A：今週の土曜日空いてますか。
B：ええ、空いていますよ。
A：じゃ、一緒に野球を見に行きませんか。チケットを2枚もらったんです。
B：う～ん…すみませんが、野球はちょっと…。私、野球のルールが全然わからないんです。
A：そうですか。それはしかたがありませんね。じゃ、他の人を誘ってみます。
3) A：ここのラーメン、おいしかったですね。
B：ええ、本当に。また来ましょうね。
A：ああ、今日は私がご馳走しますよ。
B：いいえ、今日は私が払います。この前もご馳走してもらいましたから。
A：そうですか？じゃ…ありがとうございます。

解答
1) a／6時半／映画館の隣のレストラン
2) b／野球のルールが全然わからない
3) b／食事代を払った

2 a,bの正しいほうを選びなさい。

解答
1) b　2) b　3) a

3　誘いを断る文を作りなさい。

解答

1) すみません、その日は用事があって…。
2) その日はちょっと、家族と約束していて…。
3) 金曜日はちょっと…残業しなければならないんです。

## Unit 10　P.85

1　音声を聞いて、内容をまとめなさい。

スクリプト

1) A：私、来月引っ越しすることになったんです。
　　B：へえ、急にどうしたんですか。
　　A：実は母が病気になって…。それで、私が実家へ帰ることになりました。
　　B：そうなんですか。大変ですね。
2) A：林さんは卒業したら、国へ帰るんですか。
　　B：ええ。4月の初めに帰ろうと思っています。
　　A：そうなんですか。国へ帰ったら何をするつもりですか。
　　B：父の会社を手伝うつもりです。

解答

1) 病気になった／実家
2) 国へ帰っ／お父さんの会社

2　音声を聞いて、正しければ○、間違っていれば×を入れなさい。

スクリプト

1) A：李さんがいなくなると寂しくなりますね。
　　B：私も寂しいです。
　　A：また日本へ来たら連絡してください。
■ この二人は今日本にいます。
2) A：今までお世話になりました。一緒に働けて良かったです。
　　B：転職しても、頑張ってくださいね。
■ 男の人は学校を卒業します。
3) A：じゃ、そろそろ行きますね。山田さんにもよろしくお伝えください。
　　B：ええ、伝えておきます。お元気で。
■ 女の人の名前は山田です。

解答

1) ○　2) ×　3) ×

3　a,bのお正しいほうを選びなさい。

解答

1) b　2) a　3) b

4　次の中国語を日本語に訳しなさい。

解答

1) 仕事を辞めることになりました。
2) またいつか会えるのを楽しみにしています。
3) 佐藤さんに会えて、良かったです。

## Unit 11　P. 95

**1** 音声を聞いて、（　）に単語を入れなさい。

スクリプト

1) 窓の近くの席にしてもらえますか。
2) ハンバーグ定食を一つお願いします。
3) 定食には何が付いていますか。

解答

1) 席／して
2) を／お願いします
3) 付いています

**2** 音声を聞いて、正しければ○、間違っていれば×を入れなさい。

スクリプト

1) A：あの、本日のおすすめは何ですか。
   B：カツカレー定食です。
   A：じゃ、それを一つ。
■ 男の人はカレーを食べます。
2) A：もしもし、7時に予約している山田です。予約の時間に15分ぐらい遅れそうなんですが、構いませんか。
   B：はい、結構ですよ。
■ 男の人は予約をキャンセルしました。
3) A：さっき注文したフライドポテトをキャンセルしたいんですが。
   B：はい、かしこまりました。
■ 男の人は後でフライドポテトを食べます。
4) A：ご注文はお決まりですか。
   B：まだ決まっていません。
■ 男の人はまだ料理を注文していません。

解答

1) ○　2) ×　3) ×　4) ○

**3** a, b の正しいほうを選びなさい。

解答

1) a　2) a　3) b

**4** シチュエーションに合わせて文を作りなさい。

解答

1) 予約していないんですが、どのくらい待たないといけませんか。
2) ベジタリアンなんですが、お肉を含まない料理がありますか。
3) 注文した料理がまだ来ていないんですが、確認してくれませんか。

## Unit 12　P. 102

**1** 音声を聞いて、正しければ○、間違っていれば×を入れなさい。

スクリプト

1) A：レジ袋をください。
   B：レジ袋は有料ですが、よろしいですか。
   A：じゃ、結構です。
■ 男の人はレジ袋を買いました。

2) A：このおにぎりの賞味期限はいつまでですか。
　　B：明日の夜までです。
■ このおにぎりは明日の夜までに食べたほうがいいです。
3) A：冷凍食品売り場はどこですか。
　　B：あそこのアイスクリーム売り場の隣ですよ。
■ 男の人は今アイスクリーム売り場にいます。
4) A：このりんごは今半額ですよ。
　　B：じゃ、3つください。
■ りんごはいつもより安いです。

解答
1) ×　2) ○　3) ×　4) ○

② 音声を聞いて、（　）に単語を入れなさい。

スクリプト
A：　いらっしゃいませ。こちら550円です。お弁当は温めますか。
B：はい、お願いします。
A：お箸はお使いになりますか。
B：いいえ、結構です。
A：1000円お預かりします。こちら350円のお返しと、レシートです。

解答
1) 温め　2) お箸　3) 結構
4) お預かり　5) レシート

③ a, b の正しいほうを選びなさい。

解答
1) a　2) b　3) b

④ 次の中国語を日本語に訳しなさい。

解答
1) お惣菜売り場はどこですか。
2) この商品は今30パーセントオフです。

## Unit 13　P.111

① 音声を聞いて、正しければ○、間違っていれば×を入れなさい。

スクリプト
1) A：このクーポンを使うことができますか。
　　B：お客様、このクーポンは期限切れでございます。
■ このクーポンは使うことができません。
2) A：このTシャツの青色はありますか。
　　B：このTシャツは白、黒、グレーしかありません。
　　A：そうですか…。じゃ、グレーのをください。
■ 男の人は青色のTシャツを買いました。
3) A：このドライヤーは割引がありますか。
　　B：こちらの商品は新商品ですので…。

■ このドライヤーはまだ安くなりません。

解答
1) ○  2) ×  3) ○

**2** a,b の正しいほうを選びなさい。

解答
1) a  2) b  3) b

**3** 例のように文を作りなさい。

解答
1) 配送に何日かかるかわかりますか。
2) クーポンの期限はいつまでか忘れました。
3) 明日までに届くかどうか調べてください。
4) 会員カードがあるかどうか忘れました。

## Unit 14  P.119

**1** 音声を聞いて、（ ）に単語を入れなさい。

スクリプト
1) このアパートの家賃はいくらですか。
2) この部屋は日当たりがいいですね。
3) すぐに業者を呼びましょう。
4) この部屋の大家さんはどんな人ですか。

解答
1) アパート／家賃
2) 日当たり
3) 業者／呼び
4) 大家さん

**2** 音声を聞いて、正しければ○、間違っていれば×を入れなさい。

スクリプト
1) A：この部屋はいかがですか。2DKで家賃が8万円です。
   B：うーん、もう少し安い部屋がありませんか。少し狭くてもいいですから。
■ 女の人は家賃8万円の部屋は高いと思っています。
2) A：急にシャワーのお湯が出なくなったんです。
   B：本当だ。給湯器が壊れていますね。
■ 今、シャワーから水が全然出ません。
3) A：このマンションは家具付きですか。
   B：はい、そうです。
■ このマンションには家具があります。
4) A：ごみの日は何曜日ですか。
   B：毎週水曜日と金曜日です。その日の朝にごみを出してください。
■ 火曜日の夜、ごみを出します。

解答
1) ○  2) ○  3) ○  4) ×

3 a,bの正しいほうを選びなさい。

解答
1) a  2) a  3) a  4) b

4 次の中国語を日本語に訳しなさい。

解答
1) クーラーがつかなくなりました。
2) 最近よくトイレが詰まるようになりました。
3) 急にインターネットに接続できなくなりました。

## Unit 15　P.125

1 音声を聞いて、（　）に単語を入れなさい。

スクリプト
1) 返却日は1月15日です。
2) 雑誌は貸出禁止なので、図書館の中で読んでください。
3) インターネットで延長手続きができます。

解答
1) 返却日
2) 貸出禁止／図書館の中
3) インターネット／延長手続き

2 音声を聞いて、正しければ○、間違っていれば×を入れなさい。

スクリプト
1) A：本は何日間借りられますか。
　　B：2週間です。延長手続きをすれば、さらに2週間借りられます。
■ 一番長い貸出期間は4週間です。
2) A：貸出証を申請したいんですが。
　　B：お名前とご住所を確認できる身分証がありますか。
　　A：はい、あります。
■ 男の人は今から身分証を作ります。
3) A：返却日を過ぎているので、1週間本を借りることができませんよ。
　　B：はい、わかりました。
■ 女の人は今日、本を借ります。

解答
1) ○  2) ×  3) ×

3 正しい順番に並びかえなさい。

解答
1) 一度に何冊まで借りることができますか。
2) その本は外国小説の棚にあります。
3) この本があるかどうか検索してもらえませんか。

4 例のように文を作りなさい。

解答
1) 明日は休館日なので、本は明後日返却してください。

2) その本は他の人が借りているので、予約しなければなりません。

## Unit 16　P.131

**1** 音声を聞いて、（　）に単語を入れなさい。

スクリプト

1) 5万円引き出したいんですが。
2) 海外の口座へ振り込むことができますか。
3) ＡＴＭでお金を引き出すと、1回5円手数料がかかります。

解答

1) 5万／引き出し
2) 振り込む
3) 手数料／かかります。

**2** 音声を聞いて、正しければ○、間違っていれば×を入れなさい。

スクリプト

1) Ａ：普通預金の口座を開設したいんですが。
   Ｂ：かしこまりました。では先ず身分証明書をご提示ください。
■ 男の人は今から口座を開きます。
2) Ａ：預金残高を確認したいんですが、どうすればいいですか。
   Ｂ：では、まずカードをここに入れて、このボタンを押してください。
■ この二人は今ＡＴＭを使っています。
3) Ａ：すみません、この台湾元を日本円に両替してもらえませんか。
   Ｂ：かしこまりました。では50,000元お預かりします。
■ 男の人は今銀行員に日本のお金を渡しました。

解答

1) ○　2) ○　3) ×

**3** （　）に最も合う単語を□から選びなさい。

解答

1) 口座　2) 身分証明書
3) ＡＴＭ　4) 利息

**4** 例のように文を作りなさい。

解答

1) 台湾元に両替してもらえませんか。
2) 今日のレートを教えてもらえませんか。
3) このプランについて説明してもらえませんか。

## Unit 17　P.139

**1** 音声を聞いて、（　）に単語を入れなさい。

スクリプト

1) 何か見本の写真がありますか。
2) 白髪が増えてきたので、白髪染めをお願いします。
3) 毛先を2，3センチカットしてください。

解答
1) 見本　2) 増えて　3) 毛先／カット

**2** 音声を聞いて、正しければ○、間違っていれば×を入れなさい。

スクリプト
1) A：今日はどうなさいますか。
　　B：ボブにしてください。
■ 女の人は今からパーマをかけます。
2) A：前髪はどうなさいますか。
　　B：前髪はそのままで結構です。
■ 女の人は前髪を切りません。
3) A：どんな色に染めますか。
　　B：前回と同じ色にしてください。
■ 女の人は今日初めて髪を染めます。
4) A：あの、このあと用事があるんですが、2時間以内に終わりますか。
　　B：ええ。シャンプーとセットだけですから、1時間以内に終わりますよ。
■ 男の人はまずシャンプーをして、それから髪を切ります。

解答
1) ×　2) ○　3) ×　4) ×

**3** 正しい順番に並びかえなさい。

解答
1) 私は3年ぐらい髪を伸ばしています。
2) 5時にカットの予約をした佐藤です。

**4** 次の中国語を日本語に訳しなさい。

解答
1) もう少し短く切ってください。
2) ショートカットにしてください。
3) この写真みたいにしてください。

## Unit 18　P.149

**1** 音声を聞いて、（　）に単語を入れなさい。

スクリプト
1) 今朝から咳が止まらないんです。
2) 少し熱がありますから、無理をしないようにしてください。

解答
1) 咳／止まらない
2) あります／無理

**2** 音声を聞いて、正しければ○、間違っていれば×を入れなさい。

スクリプト
1) 女：この薬はいつ飲めばいいですか。
　　男：1日3回、食後に服用してください。
■ ご飯を食べた後で、薬を飲まなければなりません。
2) 男：食欲はありますか。
　　女：いいえ。昨日の夜もほとんど食べませんでした。
■ 女の人は昨日の夜、何も食べませんでした。

3) 女：次回いつごろ診察に来ればいいですか。
   男：2, 3日後問題がなければ、もう来なくてもいいですよ。
■ 女の人は2, 3日後でもう一度病院へ来なければなりません。
4) 女：手術する必要がありますか。
   男：薬を飲めば治りますから、心配いりませんよ。
■ 女の人は手術しなくてもいいです。

解答
1) ○  2) ×  3) ×  4) ○

**3** a,bの正しいほうを選びなさい。

解答 1) a  2) a  3) b

**4** 例のように文を作りなさい。

解答
1) お酒を飲みすぎたようです。
2) 熱中症になったようです。

**5.** 次の文を中国語に訳しなさい。

解答
1) 在感冒治好之前，請避免吃辣的食物。
2) 為了健康，請多運動。

## Unit 19  P.157

**1** 音声を聞いて、（　）に単語を入れなさい。

スクリプト
1) 警察を呼んでください。
2) 事故をおこしてしまいました。
3) 落ち着いてください。すぐそちらに向かいます。

解答
1) 警察／呼んで
2) 事故
3) 落ち着いて／すぐ

**2** 音声を聞いて、正しければ○、間違っていれば×を入れなさい。

スクリプト
1) 女：家に泥棒が入ったようなんです。
   男：わかりました。10分以内にそちらへ向かいます。
■ 女の人は今から交番へ行きます。
2) 女：すみません。携帯電話を落としてしまったんですが。
   男：こちらにはまだ届いていませんね…。
■ 女の人は誰かに携帯電話をとられました。
3) 女：駅前の交差点で事故です！
   男：今からそちらへ向かいます。救急車は呼びましたか。
   女：はい、もう呼びました。
■ 今から救急車が来ます。

解答
1) ×  2) ×  3) ○

**3** （　）に最も合う単語を□から選びなさい。

解答
1) 交通事故  2) 怪我
3) 犯人  4) 迷子

4 次の中国語を日本語に訳しなさい。

解答
1) すりに財布を取られました。
2) 泥棒に時計と現金を盗まれました。
3) あの人にケータイを壊されました。

## Unit 20　P.164

1 音声を聞いて、（　）に単語を入れなさい。

スクリプト
1) 信号を渡ったところに、コンビニがあります。
2) そのスーパーは、たしかこの角を曲がったところにあると思います。
3) ここをまっすぐ行って、一つ目の交差点を右へ曲がってください。

解答
1) 信号／渡った　2) たしか／角
3) まっすぐ／一つ目の交差点

2 音声を聞いて、正しければ○、間違っていれば×を入れなさい。

スクリプト
1) A：この住所までどうやって行けばいいですか。
　　B：ああ、花屋ですね。ここをまっすぐ行ったところに、肉屋があります。その隣ですよ。
■ 男の人は肉屋を探しています。
2) A：すみません、地下鉄の駅はどこですか。
　　B：あの角を右へ曲がって少し行くと、左に駅があります。
■ まず、角を右へ曲がります。
3) A：すみません、朝日書店はどこにあるかわかりますか。
　　B：ええ、そこのスーパーの向かいですよ。あ…でもその店は、先月閉店して、今はコンビニですよ。
■ 朝日書店はスーパーの向かいにあります。

解答
1) ×　2) ○　3) ×

3 a,bの正しいほうを選びなさい。

解答
1) a　2) a　3) b

4 次の中国語を日本語に訳しなさい。

解答
1) その店は、たしか本屋の隣にあると思います。
2) 地図を描いてもらえませんか。
3) 道に迷ってしまったんですが、ちょっと教えてもらえませんか。

## Unit 21　P.173

**1**　音声を聞いて、情報をまとめなさい。

スクリプト

1) 男：東京駅までお願いします。
　　女：かしこまりました。
　　男：ちょっと急いでいるんですけど、何分ぐらいで着きますか。
　　女：15分ぐらいで着きますよ。
　　男：そうですか。いくらぐらいかかりますか。
　　女：そうですね、ここからだと、1,500円ぐらいです。
2) 男：大和大学までのバスは何番ですか。
　　女：大和大学行きは10番ですよ。
　　男：そうですか。このバス停から乗ればいいですか。
　　女：いいえ、あそこのDのバス停です。
　　男：そうですか。ありがとうございます。

解答
1) タクシー／15／1,500
2) 10／Dのバス停

**2**　（　）に最も合う単語を□から選びなさい。

解答
1) 乗り間違え　2) ホーム
3) 最寄　4) 乗り換え
5) 路線図

**3**　シチュエーションに合わせて文を作りなさい。

解答
1) いつ運賃を払えばいいですか。
2) どこで一日乗車券を買えばいいですか。
3) 特急券は学割がありますか。
4) 一番早いのは何時発ですか。

## Unit 22　P.184

**1**　音声を聞いて、（　）に単語を入れなさい。

スクリプト
1) エンジンから変な音がします。
2) 車内のごみを捨てましょうか。
3) ちょっとスピードを落としたほうがいいですよ。

解答
1) 変な音　2) ごみ／捨て
3) スピード

**2**　音声を聞いて、正しければ○、間違っていれば×を入れなさい。

スクリプト
1) A：レギュラー満タンで。
　　B：かしこまりました。お会計は現金とカードとどちらになさいますか。
　　A：現金でお願いします。
■ 今から車を修理します。

2) A：わぁ、渋滞だ。
　　B：本当だ。ついてないなぁ…。
■ 今道が込んでいます。
3) A：ちょっと待って！この道は一方通行ですよ！
　　B：あ、本当だ、別の道から行きましょう。
■ この道を通ることができません。
4) A：じゃあ、家へ帰りましょうか。
　　B：先にガソリンを入れたほうがいいんじゃないですか。
　　A：そうですね。そうしましょう。
■ 今から家へ帰ります。

解答
1) ×　2) ○　3) ○　4) ×

3 正しい順番に並びかえなさい。

解答
1) タイヤから空気が抜ける音がします。
2) 今日は道が込んでいます。
3) この道の制限速度は60キロです。

4 例のように文を作りなさい。

解答
1) 故障しているんじゃないですか。
2) 修理に出したほうがいいんじゃないですか。
3) この道のほうが早いんじゃないですか。

## Unit 23　P.193

1 音声を聞いて、（　）に単語を入れなさい。

スクリプト
1) 台湾で販売員として3年働いていました。
2) 正社員の募集を行っていますか。
3) どうしてこの仕事に興味を持ったんですか。

解答
1) として／働いて
2) 正社員／募集
3) 興味／持った

2 音声を聞いて、正しければ○、間違っていれば×を入れなさい。

スクリプト
1) A：すみません。アルバイト募集の貼り紙を見たんですが、面接していただけませんか。
　　B：じゃ、店長が面接しますので、明日履歴書を持ってきてください。
■ 男の人は今日面接を受けます。
2) A：では、採用の場合は金曜日までにこちらからご連絡します。
　　B：わかりました。本日はどうもありがとうございました。
■ 金曜日までに連絡がなかったら、不採用です。

3） A：職務経験がありますか。
B：はい。大阪でデザイナーとして2年働いていました。その前は台湾の企業に3年間勤務していました。
■ 女の人の職務経験は2年です。
4） A：日勤希望ですか。夜勤希望ですか。
B：日勤希望です。
■ 女の人は昼働きたいです。

解答
1）× 2）○ 3）× 4）○

**3** （　）に最も合う単語を□から選びなさい。

解答
1）企業　2）面接　3）応募
4）経験　5）ポスト

**4** 次の文を中国語に訳しなさい。

解答
1）我看到了貴公司招募計時人員的廣告，能給我一個機會參加面試嗎？
2）如果錄用了，你什麼時候可以開始上班呢？
3）這個職缺已經找到人了。

## Unit 24　P.201

**1** 音声を聞いて、（　）に単語を入れなさい。

スクリプト
1） 半休を取ってもよろしいでしょうか。

2） 電車が遅れているので、20分ぐらい遅刻しそうです。

解答
1）半休　2）遅れている／遅刻しそう

**2** 音声を聞いて、正しければ○、間違っていれば×を入れなさい。

スクリプト
1） A：来週試験があるので、一週間シフトを少なめにしてもらえませんか。
B：ええ、いいですよ。じゃ、月曜と水曜の分は他の人に入ってもらいましょう。
■ 男の人は来週一週間働きません。
2） A：課長、すみませんが、体調が悪いので、早退させていただけないでしょうか。
B：構いませんよ。お大事に。
■ 男の人は今からうちへ帰ります。
3） A：7月3日、有給を取らせていただけないでしょうか。
B：ええ、いいですよ。
■ 男の人は7月3日休みます。
4） A：来月のシフトはもう決まりましたか。
B：シフトなら、明日決まる予定です。
■ 来月のシフトはまだ決まっていません。

解答
1）×　2）○　3）○　4）○

3 例のように文を作りなさい。

解答
1) 今後の経験のために、この企画を担当させていただけないでしょうか。
2) この商品について詳しく教えていただけないでしょうか。
3) 明日までに御社のサンプルを送っていただけないでしょうか。
4) 熱があるので、休ませていただけないでしょうか。

4 次の中国語を日本語に訳しなさい。

解答
1) 遅れてすみません。電車に乗り遅れました。
2) 病院へ行ってから出社してもよろしいでしょうか。

## Unit 25　P.209

1 音声を聞いて、a,bの正しいほうを選びなさい。また、（　）に単語を入れなさい。

スクリプト

1) 女：いらっしゃいませ。あ、山田さんお久しぶりです。
　　男：陳さん、こんにちは。あの、営業の木村さんはいらっしゃいますか。2時にお会いすることになっております。
　　女：はい、木村ですね、少々お待ちください。

2) 男：ＮＤＤの山田です。後藤部長をお願いします。
　　女：すみませんが、後藤は今席を外しております。
　　男：そうですか、ではまた後でかけなおします。

3) 女：はい、株式会社アークの陳でございます。
　　男：NDDの山田ですが、林さんはいらっしゃいますか。
　　女：申し訳ございませんが、林は今会議中でございます。
　　男：あ、そうですか…。
　　女：よろしければ、ご用件を承りますが。
　　男：では、明日の会議は10時からだとお伝えください。
　　女：かしこまりました。では林に伝えておきます。

4) 女：はい、株式会社アークでございます。
　　男：ＮＤＤの山田です。陳さんはいらっしゃいますか。
　　女：申し訳ございませんが、陳は今電話中でございます。終わりましたら、こちらからお電話差し上げましょうか。
　　男：はい、よろしくお願いします。

解答
1) b／2
2) a／もう一度電話をかける
3) b／明日の会議は10時からだ
4) a／陳／山田

**2** a,b の正しいほうを選びなさい。

解答
1) b　2) b　3) a

**3** 次の中国語を日本語に訳しなさい。

解答
1) 佐藤さんに会議は1時からだとお伝えください。
2) 課長に出張は木曜日になったとお伝えください。
3) 林さんに昨日サンプルを送ったとお伝えください。

## Unit 26　P.216

**1** 音声を聞いて、（　）に単語を入れなさい。

スクリプト
1) ご迷惑をおかけして、すみませんでした。
2) 今後十分に注意いたします。
3) 感謝しております。

解答
1) 迷惑　2) 十分／注意　3) 感謝

**2** 音声を聞いて、正しければ○、間違っていれば×を入れなさい。

スクリプト
1) 女：これ、大したものじゃないんですけど、よかったらどうぞ。
　　男：あ、どうも、すみません。そんな気を使ってもらわなくてもよかったのに。

■ 女の人は男の人にプレゼントを渡しました。
2) 女：この参考書、貸していただいて、ありがとうございました。おかげさまで、無事企画書を作ることができました。
　　男：そうですか、良かったですね。
■ 男の人は女の人に企画書を貸しました。
3) 女：この報告書のここのデータ、ちょっと違うと思うんだけど…。
　　男：申し訳ありませんでした。すぐ直します。
■ 男の人の作った報告書は間違っていました。

解答
1) ○　2) ×　3) ○

**3** 次の日本語を中国語に訳しなさい。

解答
1) 一直以來承蒙您的照顧。
2) 請容我拒絕。
3) 只是一點小小的心意而已。
4) 給您添麻煩了。

**4** 正しい順番に並びかえなさい。

解答
1) 今後同じ間違いがないように注意します。
2) おかげさまで報告書を提出することができました。

5 お礼を言う文を作りなさい。

解答
1) 色々手伝っていただいて、ありがとうございました。
2) アドバイスしていただいて、ありがとうございました。